Hier treibt mein Kartoffelherz

W0297095

Anna Weidenholzer

Hier treibt mein Kartoffelherz

Matthes & Seitz Berlin

Für später

Siebzehn Menschen im Winter

Winter ist die Zeit, in der die Bären ruhen. Wir richten Kanonen auf Berge, die Straßen salzen wir. Er ist das Warten auf Schnee und das Verlangen, all der Matsch möge bald verschwunden sein, die Zeit von Gewürzmischungen und literweise Tee. Eine nimmt Abschied, und einer trägt eine Jacke in Blau. Ich sage: Zuerst zuckert der Winter die Gipfel, dann übernimmt er den Rest, ich lege meine Fingerspitzen auf drei graue Autos, die vor einem Haus parken, ich streiche über die Dorfstraße bis hin zum Hang. Bald wird es schneien, flüstere ich mit Blick auf die Bäckerei, und du sagst: Doch.

Wo du die Zwiebeln finden wirst

Das sind Zähne, mit denen ich leben kann, sagte Rosa an dem Tag, als der Flachländer zu uns kam. Es regnete, es stürmte, die Blätter der Palme im Garten bewegten sich, als würde der Herbst nun endgültig zum Abschied winken. Am Brenner soll es schneien, sagte Rosa und fuhr mit der Zunge über ihr neues Gebiss. Tut es weh?, fragte ich. Sie schüttelte den Kopf. Du bist jung, sagte sie und drückte mit dem Zeigefinger gegen ihren Schneidezahn, du musst erst lernen, dass eine Frau ganz anderes aushalten muss.

Als Harald und ich beschlossen, die Pension zu übernehmen, erwähnte er nicht, dass sie mit Rosa kommen würde. Er sagte: Es ist gut, neben dem Obstbau ein zweites Standbein zu haben, es ist besser, sich nicht nur auf Äpfel zu verlassen. Rosa hatte die Pension ein halbes Jahrhundert lang geführt, und sie sah auch danach, mit Anfang neunzig, keinen Grund, nicht jeden Tag im Frühstücksraum zu sitzen. Am Vormittag trank sie ein Glas Grappa, zur Belebung der Geister, wie sie meinte, am späteren Nachmittag ein Glas Rotwein, das sei gut fürs Herz. Schau, sagte sie jedes Mal, wenn Harald die Stirn runzelte, bis jetzt hat es gewirkt.

Kamen Urlauber an, war Rosa noch vor mir bei der Tür, um sie zu begrüßen. So auch an jenem regnerischen Herbsttag, als der Flachländer zum ersten Mal auftauchte. Flachländer waren Rosas Ansicht nach alle, die in Gegenden mit Bergen niedriger als zweitausend Meter wohnten, und das traf auf die meisten Gäste zu. Warum ausgerechnet ihm dieser Name geblieben ist, ich weiß es nicht.

Rosa schenkte dem Flachländer von Anfang an mehr Beachtung als allen anderen. Wie er die Schuhe abstreifte, bevor er den Frühstücksraum betrat, wie er den Stift hielt, während er das Gästeblatt ausfüllte. Als er mir den Kugelschreiber zurückgab, begann Rosa zu nicken, langsam und lange, ich wusste nicht, warum, es war eine Geste, die ich noch nie zuvor an ihr beobachtet hatte. Er sei auf Durchreise, sagte er: Ich hoffe auf einen ruhigen Schlaf, bitte geben Sie mir ein Zimmer von der Straße abgewandt.

Die Straße ist auf beiden Seiten, antwortete Rosa, Sie haben die Wahl zwischen Pest oder Cholera.

Es fahren wenig Autos, unterbrach ich sie rasch, auf beiden Seiten können Sie die Berge sehen, das ist der Vorteil, wenn man sich in einem Tal befindet.

Vorausgesetzt, Sie mögen Berge. Manchen fällt es schwer, mit ihrem Anblick umzugehen.

Cholera, bitte, sagte der Flachländer und schaute dabei Rosa an, die wieder zu nicken begann.

Ich reichte ihm den Schlüssel zu Zimmer Nummer sechs. Ein unauffällig gekleideter Mann, der sich gut an die Umgebung anpasst, dachte ich, vielleicht ist ihm Rosa deshalb zugeneigt. Sportschuhe, eine beige Hose, wie sie manche bei Wanderungen tragen, andere wiederum generell im Urlaub, ein kariertes Hemd. Vielleicht weil ich mir vorstellte, der Flachländer sei ein sportlicher Mann, erzählte ich, dass wir im Frühjahr ein Schwimmbecken bauen würden.

Wir haben die Pension gerade erst übernommen, bald wird alles schöner sein.

Sie haben geheiratet?

Wie bitte?

Das Foto dort, das sind doch Sie.

Am späten Nachmittag brachte der Flachländer Blumen und eine Karte. Rosa saß schon bei ihrem Glas Rotwein. Nur wer sich blamieren will, trägt einen Blumenstrauß wie eine Fahne vor sich her, flüsterte sie, als sie ihn zur Tür hereinkommen sah. Rosa, bitte. Ich stellte die Karte in die Vitrine, neben das Billett, das sie uns zur Hochzeit geschickt hatte. *Herzlichen Glückwünsch zur Vermählung. Schaut, dass ihr niemandem das Herz brecht, es wäre schade drum.* Ich holte eine Vase.

Als ich wieder zurück in den Frühstücksraum kam, hielt Rosa den Strauß mit beiden Händen und roch an den Blumen, Rosen und Schleierkraut, der Flachländer war ein traditioneller Mann.

Über die Jahre wurde die Regelmäßigkeit zu seinem auffälligsten Merkmal. Immer am 21. Oktober tauchte der Flachländer auf und verlangte nach Zimmer Nummer sechs. Angemeldet hatte er sich kein einziges Mal, es wäre auch nicht nötig gewesen. Er kam, streifte seine Schuhe ab, nahm im Frühstücksraum Platz, um das Gästeblatt auszufüllen, danach ging er stets zügig die Stiege hinauf in sein Zimmer, in dem er selbst die kleinste Veränderung bemerkte. Der Tisch war verschoben, die Gästemappe lag auf dem linken Nachtkästchen statt auf dem rechten, der Sessel war zum Fenster statt zum Fernseher hin ausgerichtet, was auch immer. Sobald er sein Zimmer betreten hatte, ordnete er alles wieder so, wie er es bei seinem ersten Aufenthalt vorgefunden hatte. Doch als Harald begann, die Zimmer neu zu dekorieren, kleine, aus Holz geschnitzte Äpfel aufzustellen, die alten Bilder, die noch aus Rosas Zeiten stammten, durch neue von Apfelhainen zu ersetzen, dachte ich nicht daran, was das für den Flachländer bedeuten könnte. Schön, sagte ich, und Harald lächelte.

Wenig später, am 21. Oktober, stellte der Flachländer sofort wieder alles auf den Gang und verlangte nach Rosas Bild.

Umso mehr wunderte es uns daher, dass er den Kater akzeptierte, obwohl der erst vier Jahre nach dem Flachländer eingezogen war. Ein roter Kater, dem die Hälfte des Schwanzes fehlte und der zum dicksten Kater des Tals werden sollte. Beim Frühstück gab es niemanden, der ihn nicht fütterte. Harald war sich sicher, die Gäste taten das nicht aus Zuneigung, sondern aus Angst, denn das Tier wusste, wie es seinen Willen durchsetzte. Es schrie in einer Lautstärke, die durch Mark und Bein ging, was es unmöglich machte, ihm den Zutritt zum Frühstücksraum zu verwehren. Also überließen wir die Gäste dem Kater und kalkulierten beim Buffet mehr Wurst und Käse ein.

Die Menschen interessierten ihn nicht, nur ihr Futter. Einzig dem Flachländer war er zugeneigt. Sobald dieser sein Zimmer bezogen hatte, lief der Kater hinauf und verlangte Einlass. Beim Frühstück wiederum lag er auf dessen Schoß und gönnte dem Flachländer einen Großteil der Wurst. Wenn ich die beiden so sitzen sah, während ich dem Flachländer wie jedes Jahr zwei Eier auf den Tisch stellte, nicht zu hart und nicht zu weich, bitte, und der Kater seinen Kopf hob und schnupperte – ein langes Nicken, ähnlich Rosas Nicken damals, als der Flachländer zum ersten Mal den Frühstücksraum betreten hatte –, da überlegte ich manchmal, was wir machen sollten, würde der Kater verschwinden.

Den Schwanz einer anderen roten Katze abhacken, hätte Rosa gesagt, du überschätzt die Erinnerung unserer Urlaubsgäste.

Meiner Urlaubsgäste, und du hast ihn nicht gekannt, hast ihn nie miauen gehört, so einen Schrei vergisst man nicht, die ganze Nachbarschaft merkt, wenn unser Kater unzufrieden ist.

Dein Mann würde das bestimmt gut können, er schneidet Obstbäume mit einer Präzision, die ihresgleichen sucht.

Harald würde das nicht tun, da war ich mir sicher, selbst wenn er auf Rosas Seite wäre, würde er sagen, der Aufwand sei viel zu groß. Und tatsächlich kam der Tag, an dem sich zeigte, wie wenig er vom Flachländer hielt.

Von den meisten Tagen kann ich mit großer Sicherheit behaupten, ich hätte ihren Ausgang geahnt. Es ist wie im Supermarkt. Du gehst hinein und weißt genau, wo du die Zwiebeln finden wirst, weil du seit Jahren dort einkaufst. Und dann haben sie plötzlich umgestellt, und vor dir liegen Knoblauchknollen statt Zwiebeln. Ich könnte sagen, so verhielt es sich an jenem Tag, der als der verlässlichste des Jahres galt.

Ein paar Wochen zuvor war Harald mit einem Dackel nach Hause gekommen, er hatte schon länger von Hunden gesprochen, davon, dass es gut wäre, einen zum Jagen zu haben, nicht allein im Wald zu sein.

Am 21. Oktober hatte ich im Zimmer Nummer sechs den Originalzustand wiederhergestellt, alles war für den Flachländer vorbereitet. Nur an das Eichhörnchen hatte ich nicht gedacht.

Die Wand mit den Trophäen befindet sich im Eingangsbereich, wir gehen so oft daran vorbei, dass wir sie nicht mehr wahrnehmen. In der Mitte der Wand der Wildschweinkopf, darüber die Geweihe, darunter die Stockente, der Marder und bodennah, den Blick zu den anderen Tieren, das Eichhörnchen. Zumindest, bis der Dackel eingezogen war und Harald das Eichhörnchen anderthalb Meter weiter oben zwischen Stockente und Marder angebracht hatte. Es sei zu gefährlich, gerade wenn der Hund das Jagen lernen sollte, ein präpariertes Eichhörnchen bekomme ihm bestimmt nicht gut.

Der Flachländer dürfte die Änderung sofort bemerkt haben, er dürfte das Eichhörnchen abgenommen und nahe seinem früheren Platz am Boden abgestellt haben. Wahrscheinlich wäre er ein paar Stunden später mit Werkzeug aus dem Ort gekommen und hätte es wieder an der Wand montiert. Aber keine Minute, nachdem er seine Zimmertür hinter sich geschlossen hatte, war Harald in den Garten gegangen und hatte den Dackel dabei ertappt, wie er versuchte, das Eichhörnchen zu vergraben.

Um genauer zu verstehen, was daraufhin passierte, muss man wissen, dass Harald eigentlich ein ruhiger, friedliebender Mann ist, der sich lieber um Äpfel als um Worte kümmert. Du wirst sehen, irgendwann bricht alles aus ihm heraus, gleich einem Vulkan, der nach Jahrzehnten zum ersten Mal wieder Feuer spuckt, hatte Rosa einmal gesagt. An diesem Tag wird es von Vorteil sein, Abstand zu wahren, danach wirst du für längere Zeit wieder Ruhe haben, möglicherweise sogar ein Leben lang.

Harald war also hinauf zu Zimmer Nummer sechs gegangen, und vielleicht, dachte ich, würde dieser 21. Oktober tatsächlich der Tag sein, an dem er all seine schlechten Worte hinausließe. Nach fünf Minuten folgte ich Rosas Rat, ich setzte mich ins Auto und fuhr in Richtung Autobahn. Als ich zurückkam, war der Flachländer verschwunden. In seinem Zimmer hatte er einen Zettel hinterlassen: *NICHTS ÄNDERN*, stand darauf, doppelt unterstrichen und in Großbuchstaben.

Im folgenden Jahr hat sich dann trotzdem alles geändert. Der Flachländer kam nicht mehr. Anfangs dachte ich noch, sein Zug könnte sich verspätet haben, das war vor sieben Jahren einmal der Fall gewesen, aber nichts, kein Flachländer. Nach drei Tagen gab ich das Zimmer frei. Zwei Jahre ist er jetzt schon nicht mehr hier gewesen, und seit fünf Wochen ist der Kater tot. Ich habe ihn in die Tiefkühltruhe gelegt, ganz hinten, unter die Erbsen. Niemand in dieser Familie isst gerne Erbsen, er ist dort gut aufgehoben. Manchmal fällt es schwer, loszulassen, hat Rosa einmal gesagt. Damals habe ich ihr keine Antwort gegeben.

Mit wem sprichst du?, fragt Harald, er steht im Türrahmen, den Autoschlüssel in der Hand, er hat ihn gefunden. Seit Langem trägt er wieder einmal die Daunenjacke, viel zu warm für einen Tag mit Föhn. Eine blitzblaue Jacke, mit der er beim Einkaufen leicht zu finden ist, vielleicht hat er sie auch deswegen ausgewählt, Harald ist ein umsichtiger Mann.

Mit meinem Telefon, ich habe gefragt, ob es morgen kälter wird.

Harald kommt zu mir in den Frühstücksraum, er folgt meinem Blick zur Vitrine, in der Rosas Billett steht, wo sie es damals haben wollte. Rosa, sagt er, und: Meinst du nicht, es wäre gut, öfters was zu ändern?

Denkst du, er kommt im Herbst wieder?

Vielleicht hat er einen besseren Ort gefunden. Er hat doch einmal erwähnt, ihm fehle hier die Nähe zum Polarkreis. Der Flachländer ist ein Reisender, das haben wir von Anfang an gewusst. Wollen wir?

Ja, aber dieses Mal keine Tiefkühlprodukte, der Gefrierschrank ist vom letzten Großeinkauf noch voll.

Beschäftigungsverhältnisse

Voll war das Glas, ich bin mir sicher, jetzt ist es leer. Heute ist wieder solch ein Tag. Ich trete näher ans Fenster heran, schaue, ob er schon auf der Straße steht. An Tagen, an denen nichts gelingt, streift der Mann, der unser Nachbar ist, seinen schmutzigen Arbeitsmantel über, der eigens für solche Tage am Haken hinter der Türe hängt und den er nur zu solchen Anlässen trägt. Sorgfältig knöpft er den Mantel zu, er beginnt ganz unten und arbeitet sich langsam nach oben vor. Im Spiegel neben dem Haken überprüft der Nachbar sein Gesicht, kämmt sich die Haare nach hinten. An solchen Tagen, an denen ihm die Nacht noch in den Knochen steckt, kann es vorkommen, dass die Augenringe tiefer liegen als sonst. Augenringe passen zu einem Mann, der aussieht, als hätte er viel zu tun. Er holt einen Hammer und versucht, ihn in der Manteltasche zu verstauen. Zu klein. Der Mann, der unser Nachbar ist, legt ihn stattdessen in die rechte Hand. Mit dem Hammer in der Hand tritt er auf die Straße hinaus. Er wirft einen kurzen Blick auf unser Haus, als wollte er sicherstellen, dass jemand zu Hause ist. Meine Lippen formen jedes Mal die Worte: Ich sehe dich. Dann geht er los.

An Tagen, an denen nichts gelingt, geht der Nachbar im Arbeitsmantel mit einem Hammer in der Hand die Dorfstraße auf und ab. Er begutachtet das eigene Haus, das Gerüst für den Marillenbaum, er lässt sich treiben, hinüber zur Schule, vorbei an der Bäckerei bis hin zum Imbissstand. Dort legt er den Hammer ab, um das Bier zu bezahlen, das er zu sich nimmt. Er bedankt sich und hält sich nicht lange auf. An Tagen, an denen er den Arbeitsmantel trägt, bleibt der Nachbar nur kurz stehen. Vom Imbissstand zur Bäckerei zur Schule, wo die Kinder die Minuten bis zum Pausenläuten zählen. Auch der Nachbar hat Hunderte Vormittage hier verbracht. Er schaut kurz hoch zum Gebäude, auf das S, das abgefallen ist, vor Jahren schon. Dann nimmt er den Hammer in die andere Hand, setzt seine Route fort. Für Außenstehende muss der Nachbar wie ein Mann wirken, der viel zu erledigen hat. Ich weiß, was an solchen Tagen zu tun ist. Ich kenne jeden Schritt.

An Tagen, an denen der Nachbar den Arbeitsmantel trägt, ist er ein geselliger Mann. Er grüßt, er lässt sich ansprechen. Er nickt freundlich, wenn er auf Monika trifft, die von ihrem Vorhaben erzählt, sich Jerseyrinder anzuschaffen. Herdenreine Kuhmilch, sagt Monika, Tausende Liter Milch verschiedenster Herden werden Tag für Tag in unseren Molkereien zusammengemischt, wir alle wissen davon und sind zu bequem, daran etwas zu ändern, meine Kühe mit denen vom Mayrhofer und so weiter und so fort, kein Wunder, dass es so viele Unverträglichkeiten gibt. Herdenreine Kuhmilch, das wird die Zukunft sein.

An Tagen, an denen der Nachbar den Arbeitsmantel trägt, gratuliert er Monika zu dieser Idee, von der sie seit anderthalb Jahren spricht, sobald ihr jemand eine

Minute schenkt. Macht nichts, sagt er, wenn sie sich entschuldigt, dass sie ihn aufgehalten hat, und setzt seinen Weg fort. Er bleibt bei jeder Straßenlaterne stehen und prüft ihren Mast. Er schüttelt den Kopf, wenn er einen Aufkleber entdeckt, geht weiter.

An Tagen, an denen der Nachbar den Arbeitsmantel trägt, lässt er sich von Reisenden ansprechen, die sich über die Aufmerksamkeit des freundlichen, fleißigen Mannes freuen. Er gratuliert ihnen zu ihrer Urlaubswahl, erkundigt sich nach weiteren Plänen, er empfiehlt den Bärenwirt, wo Ludwig ihnen von seinen Ideen zur Umgestaltung des Kreisverkehrs erzählen wird, ein Thema, das ihn sehr beschäftige, seit er tiefer in die Materie eingetaucht sei, wie Ludwig sagt. Kreisverkehre seien die Visitenkarte eines jeden Ortes, die Seele, ja, es gebe sogar welche mit kleinen Kirchen in der Mitte, aber das sei in unserem Fall nicht angebracht. Ludwig wünscht sich für den Kreisverkehr eine detailgetreue Nachbildung des Ortszentrums: unsere Häuser, die Volksschule, der Bärenwirt, der Imbissstand, die Pension Apfelkern, kleine Figuren der Menschen, die hier wohnen. Die Kirche könnten wir weglassen, aber die Schule nicht. Es müsse sich nur jemand finden, um dieses Vorhaben zu finanzieren oder zu bauen oder beides zugleich. Dann hätte unser Dorf den Kreisverkehr, den es verdiene.

An Tagen, an denen der Nachbar den Arbeitsmantel trägt, denke ich an unseren künftigen Kreisverkehr. Ich stelle mir vor, wie wir darauf zu sehen sein werden. Ein Mann mit einem Hammer in der Hand, ein zweiter Mann, der ihm mit einigen Metern Abstand folgt. Vielleicht wären die Fenster der Häuser beleuchtet, die ganze Nacht bis zum Sonnenaufgang, oben die Sterne und unten wir, vielleicht wäre sogar Platz für eine Eisenbahn, die wir rund um den Kreisverkehr laufen lassen könnten, auch wenn der Zug unseren Ort nicht umrundet und von unserer Straße aus nicht zu sehen ist.

An Tagen, an denen der Nachbar den Arbeitsmantel trägt und ich ihm auf seinen Stationen folge, kann ich gut meinen Gedanken nachgehen. Erst, wenn wir wieder bei unseren Häusern ankommen und der Nachbar auf diese ganz bestimmte Weise den Hammer in die Hand nimmt, den Kopf ein wenig zur Seite neigt und sich der Fassade seines Hauses nähert, gilt es schnell zu sein.

Stopp, rufe ich dann, an diesen Tagen, an denen der Nachbar den Arbeitsmantel trägt, weil ihm die vorige Nacht in den Knochen steckt, und ich renne los. Stopp, Robert, schreie ich und nehme ihm wie vereinbart den Hammer ab, damit er sich nicht verletzt, wenn er es mit der Tarnung übertreibt und tatsächlich zu arbeiten beginnt.

Das Pochen des Tals nach sechzehn Wochen

Beginnt es jetzt? Draußen parken die Autos, grau, grau, dunkelgrau. Ich dachte nicht, dass sie zu dritt hier auftauchen würden. Es ist der 31. Jänner, es ist der Tag, an dem mein Aufenthalt enden soll. Das Wetter zeigt sich wie an den meisten anderen Tagen, ein strahlendes Blau. Kurz nach zwölf, die Radiomoderatorin spricht von Sonne in den Föhnstrichen und Nebel anderswo. In den Föhnstrichen, hier bin ich zu Hause.

Zu Hause sage ich, und ich meine es so. Dieses Tal hat die Form eines Herzens, und sie bekommen mich hier nicht weg. Frau Künstlerin, meinte die Unterkunftgeberin, als ich ihr vor ein paar Tagen erklärte, dass ich lieber nicht abreisen wolle. Sie sprach es beiläufig aus, wie jemand, der ein Kind beschwichtigen will, weine nicht, schschschsch, alles wird gut, alles wird gut. Frau Künstlerin, sagte sie, es wird nicht möglich sein, dass du länger bleibst, der nächste Künstler reist zwei Tage nach dir an. Wir haben das vor Monaten mit dem Ministerium vereinbart, du weißt, uns sind die Hände gebunden, die Vorgaben kommen von anderswo.

Wir saßen auf unseren Plätzen in ihrem Wohnzimmer, auf diesen unglaublich bequemen Sesseln mit Geranienmuster, wir schauten in den Garten, schauten dem Hund zu, wie er seine Kreise zog. Einmal gehen wir noch essen, sagte sie nach einer Weile, zieh dich ordentlich an, wir gehen aus wie Kaiserinnen, du, deine Betreuerin und ich. Kommt Harald auch mit?, fragte ich. Sie schüttelte den Kopf. Warum sollte er? Weil er das letzte Mal dabei gewesen ist. Harald ist mein Neffe, er betreut dich nicht.

Ich dachte daran, wie schwer es mir anfangs gefallen war, die Namen zu behalten. Sie wollten nicht recht zu den Gesichtern passen. Wahrscheinlich ging es der Unterkunftgeberin ähnlich, vielleicht ließ sie sich auch deshalb nicht davon abbringen, mich Frau Künstlerin zu nennen. Wenn Sie mich mit meiner Berufsbezeichnung ansprechen möchten, nennen Sie mich wenigstens Frau Komponistin, bat ich sie. Sie stemmte die Hände in ihre Hüften, sie musterte mich. Ich erinnere mich noch gut an diesen Moment, wie sie kurzärmelig vor mir stand und ich ihr Parfum roch, das den ganzen Raum einnahm. Das war in meiner ersten Woche hier, wenige Tage bevor sie in meinem Vorzimmer dieses Gerät installieren ließ, das in regelmäßigen Intervallen Raumduft versprüht, die gleiche Duftnote wie ihr Parfum, ein Gewächshaus voller Hyazinthen, so riecht die Unterkunftgeberin, und so riecht es hier. Sie sagte: In dieser Gegend siezen wir uns nicht. Ich nickte. Nenn mich bitte nicht Frau Künstlerin, wiederholte ich. Dann kam lange nichts. Von mir aus Frau Tonkünstlerin, fügte ich nach einer Weile hinzu, um die Stille zu durchbrechen, aber lieber wäre mir mein Name. Ich beschäftige mich mit Ton. Ton wie der Klang, nicht wie das Material. Ich zeichne Geräusche auf, ich bringe sie in neuen Zusammenhang.

Um ihr Einblick in meine Arbeit zu geben, bat ich sie herein. Ich zeigte ihr das Aufnahmegerät für die Vogelstimmen, zeigte ihr den Fledermausdetektor, den ich eigens für diesen Aufenthalt angeschafft hatte. Ich erklärte ihr, wie sich damit Stimmen einfangen ließen, die ansonsten nicht zu hören seien, erzählte von Ultraschalllauten, die in für Menschen erfassbare Töne umgewandelt würden. Ich sprach von der Stille, davon, was für ein großer Krach vonstattengehe, ja, wie eine Horde an Lebewesen in Aufruhr sei, während wir uns verhielten, als geschähe nichts, absolut nichts. Wort für Wort wiederholte ich, was ich in meiner Einreichung Zeile für Zeile geschrieben hatte, während die Unterkunftgeberin langsam durch die Wohnung ging.

Ich weiß, aber ich kann mich nicht um alles kümmern. Sie hängte die Bilder, die ich gleich nach meiner Ankunft abgenommen hatte, wieder an die Wand, sie rückte den Berg gerade und den Sonnenuntergang und das Jesuskind. Es tut mir leid, das geht einfach nicht, meine Kapazitäten sind auf dieses Tal beschränkt.

Ich fragte nicht nach, was sie mit Kapazitäten meinte, ich hatte keine Zeit dafür. In meiner rechten Hand hielt ich immer noch den Fledermausdetektor. Ich bat sie, Platz zu nehmen, räumte die Zeitung von der Sitzfläche, ich stellte ihr ein Glas Wasser hin. Die Unterkunftgeberin setzte sich, sie nahm einen Schluck, um sogleich wieder aufzustehen und am Vorhang zu zupfen. Bleib doch bitte, schau – ich steckte das Gerät an mein Telefon, ich hielt es in die Luft, zog Schlingen, hielt wieder still. Sie nahm ihren Platz ein und legte ihre Hände auf den Schoß, schaute mir erwartungsvoll zu. Nichts. Ich wiederholte meine Bewegungen, kontrollierte, ob es tatsächlich eingeschaltet war. Die Unterkunftgeberin saß jetzt aufrecht auf meinem Sofa, das eigentlich ihres war, sie pickte Haare vom Stoff.

Eine ungünstige Zeit, flüsterte ich nach einer Weile und legte den Fledermausdetektor auf den Tisch. Ich nahm mir vor, die Gebrauchsanweisung genauer zu lesen, mich grundlegend mit den Eigenschaften des Geräts auseinanderzusetzen. Ich sagte: Besser, wir treffen uns das nächste Mal zur Abenddämmerung, da ist mehr Flugverkehr. Die Unterkunftgeberin schaute auf ein Haar von mir, das sie zwischen ihren Fingern hielt. Sie seufzte, dann sagte sie: Die gehen doch schon in den Winterschlaf, und auch die Vögel sind zu dieser Jahreszeit eher still.

Ich nickte, um Zeit zu gewinnen, während sie sich wieder mit meinem Haar beschäftigte, das ich ihr aus der Hand reißen wollte. Anfang November, hatte ich gelesen, Anfang November beginnen sie mit dem Winterschlaf. Ich atmete durch, bemühte mich um eine überzeugte Stimme: Ein paar Wochen bleiben noch, ich hoffe, sie begeben sich dieses Jahr eher spät zur Ruhe. Wie auch immer – ich schob meinen Laptop in die Mitte des Tisches und startete das Video –, schau. Die Unterkunftgeberin lehnte sich nach vorne, sie hörte aufmerksam zu, sie nickte. Tüchtig, sagte sie nach einer Weile, ich wusste nicht, dass Eierschneider Musikinstrumente sind.

Danke. Ich klappte den Bildschirm nach unten. Ich war mir sicher, ihr sei damit klar, dass ich Komponistin bin. Da blickte sie mich mit jenem Lächeln an, das sie im Gastgewerbe gelernt haben musste, und meinte, sie bleibe dabei, ihr sei gesagt worden, dass vier Monate eine Künstlerin bei ihr wohnen werde. Frau Künstlerin passt zu dir.

Und ich passte mich der Ausschreibung an. Ich zeigte Bereitschaft, mich ins Dorfleben einzufügen. Ich ging mit dem Hund der Unterkunftgeberin spazieren, schaute ihr zu, wie sie ihn Wurststücke suchen ließ, wie sie strahlte, wenn er eines unter dem Teppich fand, such, such, such, da, da, nein, da, fein, fein, und als sie mich nach drei Wochen nicht mehr fragte, ob ich den Hund malen könne, er eigne sich bestimmt hervorragend als Motiv, war ich zufrieden. An Vormittagen tranken wir immer häufiger Kaffee, sie stellte dazu Schnaps auf den Tisch, wie ich es von anderswo mit Milch kannte. Mit der Zeit gingen wir dazu über, uns nach dem Kaffeetrinken auf ihre Geraniensessel zurückzuziehen und schweigend in den Garten zu blicken, nur ab und zu unterbrochen vom Hecheln des Hundes oder einem Grunzen, wenn er sich besonders ausgiebig putzte. Um mein Gewissen zu beruhigen, zählte ich ihr gelegentlich Fledermausarten auf. Große Hufeisennase und Kleines Mausohr, sagte ich, ihnen zuzuhören, wäre mir die größte Freude.

Frau Künstlerin, höre ich jetzt ihre Stimme vor der Tür, komm zur Vernunft.

Du, Frau Künstlerin. Ich habe mich an das Duzen, an diesen Namen gewöhnt, bald nannten mich hier alle so.

Sie nickten freundlich, wenn sie mich in der Landschaft stehen sahen, den Fledermausdetektor in der Hand, sie hörten mir zu, wenn ich von meinem Vorhaben erzählte, dem Vertonen der Stille, der gesellschaftspolitischen Relevanz, die ich mir von diesen Versuchen erhoffte, zu zeigen, dass da etwas sei, auch wenn wir nichts hörten, unsere Leben weiterführten, als gäbe es nur diesen einen Ausschnitt der Welt. Ich sprach von Prozessen der transnationalen Solidarität, an schlechten Tagen kam ich bis zum Weltuntergang, oder waren es die guten? Alle nickten sie freundlich, nur die Unterkunftgeberin musterte mich.

Die ersten zwei Wochen hatte ich noch mehr Zeit für die Fledermausstudien. Kurz danach ging es mit den Spaziergängen los, wieder und wieder wurde ich eingeladen, ich kam kaum noch zum Arbeiten, jeden Abend nahm ich mir vor, am nächsten Tag freundlich abzulehnen, und dann stand wieder jemand vor meiner Tür. Am häufigsten holte mich meine Betreuerin ab, meistens fünfzehn Minuten zu spät und in höchster Eile. Das bringe das Leben mit Kindern mit sich, sagte sie dabei stets. Du musst nicht, antwortete ich, ich kann mich auch alleine – aber sie ließ mich den Satz nie zu Ende sprechen. Zieh deine Schuhe an, damit wir noch in die Sonne kommen.

Neben einer Volksschulklasse kümmert sich die Betreuerin um drei eigene Kinder, und deshalb, wegen dieser besonders ausgeprägten sozialen Ader, sei sie gebeten worden, die Kunstschaffenden zu begleiten, wie ich von der Unterkunftgeberin weiß, die unentwegt den Kopf schüttelte, als sie davon erzählte. Mit der Betreuerin redete ich über solche Dinge nicht. Wir fuhren oft mit der Gondel den Berg hinauf, sie sprach über Gipfel und prüfte mich deren Namen ab. Dort hinten, siehst du, nein, die andere Richtung, genau. Ich lernte, mit meinem Blick ihrem Zeigefinger zu folgen, ich nickte, wenn sie Ortsangaben machte, vom Gipfel in Richtung Kamm, ich freute mich mit ihr über Gämsen, die ich nicht sah. Die Natur, sagte die Betreuerin, wenn wir in der Gondel den Berg hinunterschwebten, ist unser stärkstes Asset, die Zukunft unserer Kinder und des Tals. Ich weiß bis heute nicht, weshalb sie dieses Wort verwendete.

Mit Viktor ging ich hingegen nicht spazieren. Viktor sei einer, der für Probleme lebe, erklärte mir die Unterkunftgeberin, als ich mich nach dem Nachbarn erkundigte. Frau Künstlerin, sagte sie, weißt du, es gibt solche Menschen und solche. Die einen suchen nach Problemen, die anderen nach Lösungen. Hier im Tal haben wir beide Sorten, und es wird einen Sinn haben, dass es sich dermaßen verhält, denn so bleibt alles im Gleichgewicht.

Viktor, die Betreuerin, die Unterkunftgeberin, zu dritt warten sie auf mich. Ich bleibe sitzen, hier auf dem Sofa mit Blick zur Tür.

Die Unterkunftgeberin war als Erste hier, eine halbe Stunde vor der vereinbarten Abreisezeit. Sie hätte noch ein letztes Mal mit mir Kaffee trinken wollen, meinte sie. Ich ließ sie nicht herein, die Unterkunftgeberin schlug bestimmt, aber ohne Wut, gegen die Tür. Eins zwei drei vier, eins zwei, eins zwei drei vier fünf. Es tut mir leid, sagte ich, ich kann dir heute nicht öffnen.

Ich sah, wie sie zurück zum Auto ging, wie sie telefonierte. Kurz danach traf die Betreuerin ein, und es dauerte nicht lange, bis auch Viktor hier war. Viktor ist noch nie vor meiner Tür gewesen. Vielleicht hat er erfahren, dass es Probleme mit meiner Abreise gibt, eine beiläufige Bemerkung an der Supermarktkassa, eine Entschuldigung der Betreuerin, weshalb sie heute noch mehr in Eile sei als sonst, das Telefon in der Hand, sie müsse schnellstens zur Künstlerin fahren, und überhaupt, das jüngste Kind habe Läuse nach Hause gebracht, und sie müsse doch – eine für Viktor durchaus verlockende Situation, würde die Unterkunftgeberin sagen. Ja, so muss es sich zugetragen haben.

Dieses Tal hat die Form eines Herzens, aber sein Rhythmus ist ein anderer. Das Herztal schlägt unregelmäßig, es setzt immer wieder aus, bevor es in fortissimo forte übergeht.

Es muss Viktor sein, der jetzt klopft. Wessen Idee war das mit den Künstlern?, schreit er, das Klopfen wird stärker, ich meine, das war doch vorauszusehen, dass das nichts als Probleme bringen wird. Im kollektiven Gedächtnis verankert bleiben, so ein Unsinn.

Viktor, unterbricht ihn die Betreuerin, hör auf, geh nach Hause. Frau Künstlerin, ich habe im Vertrag nachgelesen, da steht nichts davon, dass du deinen Aufenthalt eigenmächtig verlängern kannst, da steht nur, dass dein Werk nicht vollendet sein muss, es muss keinen Nutzen haben, selbst wenn du erkranken würdest, müsstest du die Unterkunft für den nächsten Künstler freigeben. Wir können dir auch kein Geld mehr zahlen, wenn du länger bleibst, dein Budget ist aufgebraucht, deine Leistung ist erfüllt. Bitte, mach die Tür auf, wir müssen sonst den Bürgermeister anrufen.

Doch nicht den Bürgermeister, höre ich Viktor, den Bürgermeister, bist du verrückt, der Bürgermeister muss den neuen Speisesaal im Altersheim eröffnen, der hat genug zu tun, den können wir hier nicht miteinbeziehen, und außerdem war er von Anfang an gegen dieses Projekt. Wiederbelebung des ländlichen Raums durch künstlerische Intervention, was für ein Unsinn, was für einen Mehrwert soll das haben, niemand wird zu uns auf Urlaub fahren, weil eine Künstlerin hier ein Bild gemalt, im Gegenteil, den einzigen Mehrwert hat Hanni, die im Winter ihre Unterkunft vermieten kann, die sie sonst nie und nimmer vermieten könnte, weil sie nur mit Holz zu heizen ist und weil ihr uns alle überstimmt habt, weil ihr alle mit Hanni –

Viktor, hör auf damit.

Viktor rüttelt an der Tür, und eine der Frauen zieht ihn zurück. Wir könnten beim Ministerium anrufen, sagt die Unterkunftgeberin, irgendjemand muss doch zuständig sein, Sektion IV, Abteilung IV/2, die haben das Projekt ins Leben gerufen, ich versuche es. Frau Künstlerin, ich rufe jetzt bei deiner Sektion im Ministerium an, hörst du mich?

Du kannst doch heute nicht im Ministerium anrufen, dort arbeitet niemand an einem Samstag, ihr hättet nie einem Künstlerwechsel an einem Samstag zustimmen sollen.

Wann denn sonst, heute ist der 31., sie hat Anspruch auf diese Aufenthaltszeit.

Ich breche jetzt die Tür auf, sagt Viktor, ich gehe rein und hole sie raus.

Nein, du machst mir bestimmt nicht die Tür kaputt, sagt die Unterkunftgeberin ruhig, aber bestimmt. Frau Künstlerin, ich weiß, dass du uns hörst. Ich fahre jetzt nach Hause und suche den Zweitschlüssel. Ich mache das ungern, weil es mittlerweile zwölf Uhr fünfundzwanzig ist und die Sonne bald nicht mehr über den Berg kommen wird. Der Hund geht jeden Tag zur Mittagszeit spazieren, du weißt darüber gut Bescheid. Er wird die ganze Zeit winselnd vor der Leine stehen, während ich die Laden durchsuche, es ist ungerecht, den Hund in diese Geschichte hineinzuziehen. Ich werde mich also in einer äußerst unangenehmen Situation befinden. Er wird winseln, wird zur Tür rennen und wieder zu mir, er wird sich Dutzende Male im Kreis drehen, bevor er mit traurigem Blick zum Liegen kommt. Trotzdem, ich werde mich nicht beeilen, ich werde mit angemessener Ruhe und Sorgfalt suchen, um dir Zeit zu geben, dich von allen Dingen in der Wohnung zu verabschieden, die dir wichtig sind, was auch immer du noch zu erledigen hast, erledige es, aber ich wünsche mir, dass ich nachher nicht deine Tür aufsperren muss, dass du von alleine kommst. Deine Betreuerin und Viktor werden den Türbereich freimachen, bis dahin kannst du in aller Ruhe die Wohnung räumen und dich dann auf dem Parkplatz einfinden, wir bringen dich zum nächsten Bus. Zieh dich warm an, der Blick aus dem Fenster täuscht, der Föhn ist nicht überall.

Spätestens, wenn ihr das Holz ausgeht, wird sie rauskommen, die Künstlerin ist kälteempfindlich, höre ich sie noch sagen, dann ist es still. Ich gehe in die Küche und schaue zum zehnten Mal, ob ich etwas in den Kästen vergessen habe. Ich habe alles aufgegessen, selbst das Maiskeimöl ist aufgebraucht. Ich habe meine Abreise gewissenhaft vorbereitet, es fällt leichter zu gehen, wenn nichts zurückbleibt, so halte ich es an jedem Aufenthaltsort, und doch ist es mir dieses Mal nicht möglich. Ich weiß, dass es Zeit ist. Ich weiß, dass ich gehen muss, aber ich möchte nicht. Nichts in den Küchenkästen, ich schaue unter das Sofa, unter das Bett, nichts, ich kontrolliere, ob das kleine Fenster im Bad geschlossen ist, bemühe mich, leise zu sein, ich will nicht, dass sie hören, wie ich den Anweisungen der Unterkunftgeberin folge.

Viktor, muss das sein, schimpft die Betreuerin jetzt. Halte dir doch wenigstens die Armbeuge vor, selbst die Siebenjährigen wissen, wie das geht, und es wundert mich nicht, dass sie vor der Tür geblieben sind. Dazu war es zu plötzlich still. Ich gehe zurück ins Wohnzimmer, ich schaue wieder hinaus. Draußen fährt ein Auto vor. Nein, die Unterkunftgeberin ist es nicht, sie lässt sich tatsächlich Zeit. Es sieht aus wie das Pfarrersauto, sie werden doch nicht, jetzt steigt jemand aus, nein, nicht der Pfarrer, es ist die Tierärztin. Mir ist klar, warum die Unterkunftgeberin gekommen ist, die Betreuerin, mir ist klar, warum Viktor hier ist, aber die Tierärztin ergibt keinen Sinn.

Ich gehe ins Vorzimmer. Warum habt ihr die Tierärztin angerufen?, frage ich.

Wir verstehen dich nicht, wenn die Tür geschlossen ist, sagt die Betreuerin, als ob sie mit einem Kind redete, das den Schnuller aus dem Mund nehmen soll, um die Worte deutlicher auszusprechen.

Warum die Tierärztin?

Wir verstehen dich nicht, schreit Viktor, komm heraus.

Ich sage nichts. Ich höre, wie die Tierärztin begrüßt wird, eine junge, freundliche Frau, die erst vor Kurzem ihr Studium beendet hat, einmal bin ich ihr begegnet. Sie habe die Rückkehr ins Tal dem Bleiben in der Stadt vorgezogen, erzählte sie mir damals, entgegen jeglicher Vernunft, wegen der Tiere sei es nicht gewesen, nein, an und für sich hätte sie lieber Kleintiere behandelt, aber die Versorgung von Kleintieren sei zu anstrengend, weil es zu jedem Tier einen Menschen gebe und so weiter und so fort.

Was haben wir da?, fragt sie jetzt, und ich höre die Betreuerin erzählen, von der Künstlerin, die nicht ausziehen will. Warum?, fragt die Tierärztin. Weil sie nicht möchte. Frau Künstlerin, habe ich das so richtig zusammengefasst?

Ich schweige.

Sie wird schon rauskommen, sagt die Tierärztin nach einer Weile, es ist wie mit den Kälbern, wenn die Geburtswege zu eng sind, hilft nur Geduld. Dann vermischen sich die Sätze wieder. Ich schließe die Augen, die Stimmen, die Wärme des Kachelofens am Rücken, der Raumerfrischer gibt Dufstöße ab. Unendlich müde fühle ich mich. Sechzig Sekunden, gleich mache ich die Augen wieder auf.

Das Drehen des Schlüssels im Schloss, ich bin zu langsam auf den Beinen. Die Unterkunftgeberin kommt mit einem grünen Wäschekorb herein, in dem sie den Hund transportiert, sie schließt die Tür sofort wieder mit dem Fuß. So, sagt sie, komm, sagt sie, spring, Bobo, komm.

Bobo, genau. Ich habe es immer vermieden, den Hund mit seinem Namen anzusprechen, um ihn nicht mit dem Partner der Unterkunftgeberin zu verwechseln. Bobo und Bodo, nicht vorzustellen, hätte ich die beiden durcheinandergebracht. Der Hund sei zuerst da gewesen, sagte sie einmal, alles andere habe das Schicksal ergeben. Schicksal, davon hat die Unterkunftgeberin oft gesprochen, ihre Tante habe Bilder gemalt, es sei nur folgerichtig, dass nun, exakt zehn Jahre nach ihrem Ableben, eine Künstlerin bei ihr wohne, dass ihre Gemeinde gebeten worden sei, den Kunstschaffenden zu helfen, ihnen diese Möglichkeit zu bieten.

Er wollte nicht, sagt sie jetzt und hebt den Hund aus dem Korb, aber ich bin mir sicher, es hilft dir, wenn du dir kurz einen Hund auflegst. Komm, Bobo, auf den Schoß, so ist es fein.

Der Hund der Unterkunftgeberin riecht nicht gut, ich habe es nie übers Herz gebracht, sie darauf hinzuweisen. Am Rücken immer noch die Wärme des Kachelofens, ich nicke, auf meinem Schoß fünfzehn Kilogramm stinkendes Leben. Dass es ihr leidtue, sagt die Unterkunftgeberin: Ich habe alle gebeten, mit dir spazieren zu gehen, ich habe Dienste eingeteilt, ich hatte den Eindruck, wir sind auf einem guten Weg. Wir haben sämtliche Anforderungen der Ausschreibung erfüllt, wir haben versucht, zu helfen, wo wir können. Zwei Kunstschaffende pro Jahr, haben wir mit dem Ministerium vereinbart, zwei Mal vier Monate, alles andere übersteigt unsere Kapazitäten. Mehr können wir jetzt wirklich nicht mehr für dich tun, wir müssen uns um den nächsten kümmern. Ich weiß nicht, mit welchen Vorstellungen er zu uns kommt, wie betreuungsintensiv er ist.

Ich sehe, wie die Unterkunftgeberin durch die Wohnung geht, der Hund putzt sich in der Leistengegend. Sie kontrolliert die Küchenkästen, schaut unters Sofa und unters Bett. Sehr gut, sagt sie und streicht mir über den Rücken, ich bringe dich jetzt zum Bus. Unterschreibe uns bitte noch die Bestätigung, genau, hier.

Möglichkeiten der Zeitgestaltung

Hier, in diesem Haus am Rand des Hangs, sitzt eine Frau am Küchentisch, ich bin mir sicher, sie stützt den Kopf in ihre Hände und starrt auf das, was vor ihr liegt. Die Ofentür steht einen Spalt offen, damit das Holz gut Feuer fängt. Die Frau seufzt. Im Radio laufen die Nachrichten. Sie streckt ihre Hände aus und streicht über die Kartoffel, die seit drei Wochen in der Küche liegt, ihre Kartoffel, die die Form eines Herzens hat. Die Hände stoppen. Kinder, ruft die Frau, sie lächelt, Kinder, kommt und seht, hier treibt mein Kartoffelherz. Gleich, Mutter, hört sie es in verschiedenen Stimmlagen und Varianten antworten, gleich sind wir bereit für dein Stück Hoffnung, aber erst müssen wir ins nächste Level kommen.

Formen der Kontaktaufnahme

Kommen Sie ruhig herein, genau so hat es die Tante gesagt. Hanna räuspert sich, sie schaut auf die Uhr und richtet eine Cremeschnitte gerade. Im Sommer werden hier wieder die Wespen sitzen, sie lässt die Hand noch eine Weile in der Vitrine. Jetzt geht sie zum Heizkörper, sie lehnt sich dagegen. Hanna schließt die Augen, aber nur für einen kurzen Moment, auch wenn kein Mensch hier ist, der sehen könnte, was sie macht.

Kommen Sie, sagte die Tante und zeigte auf einen Platz in der Gaststube, das Frühstücksbuffet ist gleich fertig aufgebaut. Und schon war sie wieder in der Küche, wo Hanna immer noch mit der Kamera stand. Recht geschieht es ihnen, wenn sie nicht auf ihre Dinge achten, wiederholte sie etwas leiser und wischte ihre Hände an der Schürze ab. Du fotografierst doch gern. Das geht nicht, antwortete Hanna, die gehört den Gästen.

Den Gästen, wiederholte die Tante und band ihre Schürze neu. Morgen sind sie keine Gäste mehr, morgen sind sie abgereist, zurück in ihre Wohnungen, wo sie übereinandergestapelt ihre Leben führen. Fünf Stockwerke, fünfzehn, einundvierzig, fünfhundert Wohnungen in einem Haus. Ich bekäme kein Auge zu, wenn sich unter oder über mir eine fremde Person schlafen legte. Kein Wunder, dass sie sich bei uns erholen müssen. Merk dir das. Wer etwas verliert und sich einen Tag später noch nicht gemeldet hat, der vermisst es nicht. Du musst nur die Fotos löschen, danach ist es, als hätte sie nie jemand anderem gehört. Das bleibt zwischen uns, sagte die Tante noch, dann trug sie den Brotkorb nach draußen.

Hanna richtet sich auf, als eine Kundin die Bäckerei betritt und langsam zu den Getränken geht, langsam, weil sie Skischuhe trägt und nur erschwert vorankommt. Genau eine wie sie hat Hanna vorhin gelöscht. Sie streicht über das Gehäuse der Kamera. Kein Mensch wird sie erkennen, hat die Tante gesagt, es gibt Millionen solch schwarzer Geräte. Draußen fährt der Postbus vorbei, wie immer um diese Uhrzeit sitzt niemand drinnen. Hanna sieht hinüber zur Post, die seit drei Jahren leer steht. Sie sieht das Gasthaus, das noch bis dreizehn Uhr dreißig geöffnet hat. Sie sieht das Licht, das brennt.

Zweihundertsiebenundachtzig Fotos. Die Familie beim Strandurlaub, die Familie in einem herbstlichen Wald, eine Geburtstagstorte, Koffer und Ski vor einem Auto, Fotos vom Urlaub hier: Hannas Tante mit zwei Tellern Germknödel, Hannas Bruder, wie er dem Familienkind eine Medaille umhängt, all die Berge und Gipfel, der Schneekanonenschnee. Gelb strahlt die Sonne, manchmal auch weiß. Zweihundertsiebenundachtzig Fotos, Hanna hat sie fast alle gelöscht. Nur die Fotos vom Meer, die hat sie auf der Kamera gelassen.

Acht Euro siebzig, sagt sie jetzt, und die Kundin sucht umständlich nach Bargeld, weil Hanna kein Gerät hat, gegen das sie ihr Telefon halten kann. Ihr habt guten

Schnee gemacht, sagt die Kundin. Sie sagt: Jeden Tag die Berge vor sich, was für ein schönes Leben muss das sein, ich gratuliere Ihnen. Die Kundin trägt roten Lippenstift, sie lächelt, als sie Hanna den Zehneuroschein überreicht.

Behalten Sie den Rest.

Dann geht sie in ihren Skischuhen hinaus, steigt vorsichtig zur Straße hinunter, hinein in das Familienauto, das gleich auf die Bundesstraße abbiegen wird, vorbei an der Tankstelle, vorbei am Supermarkt. Ein graues Auto mit einer Box auf dem Dach, die Familie reist mit viel Gepäck.

Hanna streicht über das Gehäuse der Kamera, sie lässt das Trinkgeld in ihrer Hosentasche verschwinden. Heute Nachmittag wird sie Nagellack auftragen. Sie wird sich auf die Wiese legen, auch wenn der Boden viel zu kalt ist, sie wird ihre nackten Füße in die Höhe strecken. Auf ihrer Kamera werden drei Fotos sein: Das stille Meer, das bewegte Meer und Hannas Füße im wolkenlosen Mittelmeerhimmel, oranger Nagellack, vielleicht aber auch gelb.

Kommentierte Ausgabe

Gelb sind die Hefte, an Sonntagen hole ich sie aus dem Schrank. Wenn ich groß bin, möchte ich Lehrer werden, steht im Tagebuch meines zehnjährigen Ichs, Seite siebzehn, zweiter Absatz, Mitte. Ich greife nach dem Federpennal. Schlechte Idee, schreibe ich mit Rotstift darunter, so schön ich nur kann.

Fünfzehn Menschen im Frühling

Frühling ist die Zeit, in der der Winter überblättert wird. Grün bricht herein, Knospen und Blüten, alles will hinaus. Wir essen Bärlauch, wir grüßen die Schwalben. Eine Frau steht am Fenster und eine andere fährt den Hügel entlang, auf dessen Spitze ein Hotel die Landschaft überragt. Der Fluss trägt Boote, die Wolke nimmt ein Flugzeug auf. Laut sind die Vögel. Aufbrechen, hinaus will alles, die kurzen Tage hinter sich lassen. Frühling ist das Grün zwischen allem, was du siehst, die Forsythien, die Wildbienen und der Käfer im Gras, kleiner als dein kleinster Fingernagel.

Die Pistenführung und der Präsident

Das ist, weil dir eine alte Tante auf der Brust sitzt, sagte die Nachbarin, als Marianne ihr einmal von diesem Druck erzählte. Lange Haare zu einem Knoten gebunden, flüsterte sie und rückte näher heran: Ein Kleid mit bunten Blumen darauf, gut möglich, dass sie von Karls Verwandtschaft kommt. Du musst räuchern, von unten nach oben, nur so können wir sichergehen, dass die Geister am nächsten Tag verschwunden sind.

Marianne legt die Hand aufs Fensterbrett, tief einatmen, seit einer halben Stunde steht sie in der Küche mit Blick auf den Hügel. Ein zweites Mal, nun gelingt es ihr.

Ich halte nichts von Geistern und Rauch, das sagte sie der Nachbarin damals schon.

Genau wie jetzt waren draußen Leute vorbeigegangen, die Einsamen, die sich irgendwann in die Landschaft einfügten, bunte Punkte, die von Mariannes Küchenfenster aus zu sehen sind. Austauschbar wirken sie in ihren Multifunktionsjacken, die viel zu sehr leuchten, als dass diese Menschen regelmäßige Spaziergeher sein könnten. Marianne legt die zweite Hand aufs Fensterbrett. Sie sieht die Nachbarin auf dem Traktor den Hügel hinauffahren. Einsame – das Wort klang von Anfang an falsch. Alleinstehende, Reisende, alles schien ihr treffender, aber sie schloss sich den anderen an. Heute wird sie hier warten, bis sie Moser in seiner roten Jacke entdeckt. Und dann, was dann? Verfluchen möchte sie ihn, wenn sie wüsste, wie das geht, und daran glauben würde.

Suchende sind sie, jetzt weiß sie es.

Damals, vor drei Jahren, war Marianne bei der Eröffnung gewesen, wie die meisten im Dorf war sie der Einladung gefolgt, die sie in ihrem Briefkasten gefunden hatte. *Wir freuen uns, Sie einzuladen, unseren Betrieb vorab kennenzulernen. Wir sind das erste Hotel exklusiv für Alleinstehende. Kommen Sie und lösen Sie diesen Gutschein gegen eine Tasse Kaffee und ein Stück Kuchen ein.* Sie erinnert sich gut an die Tage, als die Ersten in der Landschaft aufgetaucht waren. Zuerst die fremden Kennzeichen auf dem Supermarktparkplatz. Dann, am Nachmittag, als Marianne mit der Nachbarin vor dem Haus saß, die Gäste, die vorbeispazierten, als eroberten sie ein neues Land. Die Einsamen, flüsterte sie gleichzeitig mit der Nachbarin. Sonnige Tage waren es gewesen, als hätte jemand das Wetter bestellt, um den besten Eindruck zu erwecken. Es hatte bestimmt zwei Wochen lang angehalten.

Einen Monat später, an einem bewölkten Sonntagnachmittag, traf Marianne am Waldweg die Fleischhauerin, sie trug ein T-Shirt mit der Aufschrift *Männer essen kein Obst, nur Fruchtfleisch.* Hier spazierst du also, sagte sie. Ich gehe hier mein Leben lang, antwortete Marianne, aber die Fleischhauerin lächelte nur – wie lange ist es her, dass Karl – und blickte hoch zum Hotel. Dann fuhr sie auf ihrem Elektrorad weiter.

Warum das Hotel ausgerechnet hier errichtet worden war, wusste niemand so genau. Die Natur war nicht besser als anderswo, auch nicht die Infrastruktur, das gastronomische Angebot zeigte sich seit Langem beschränkt. Das einzige Gasthaus, das sich gehalten hatte, war auf frittierte Hühner spezialisiert. Einmal berichtete deshalb die Zeitung darüber, der Artikel hing gerahmt über dem Stammtisch. *Ich koche nicht mit Wasser, nur mit Öl*, lautete die Überschrift, darunter ein Foto des Inhabers mit Zigarette im Mund, aber auch das war bestimmt zwanzig Jahre her.

Marianne richtet sich auf. Im Wald liegen die Bäume, als hätte jemand Mikado gespielt und plötzlich die Lust daran verloren, seit Wochen schon. Zwei Monate ist der Sturm nun her, immer noch ist das Holz nicht aufgearbeitet. Voriges Wochenende wäre Zeit gewesen, aber sie hatten Mariannes Geburtstag gefeiert, Marlene hatte darauf bestanden, Boris ihr einen Fernseher gebracht: Du siehst doch nur mehr zwei Drittel vom Bild. Marianne hatte genickt, aber am liebsten hätte sie die Schachtel samt Inhalt wieder zurück zum Auto ihres Schwiegersohns getragen. Danke, hatte sie stattdessen gesagt und ihre Tochter hatte gelächelt.

Ein neuer Fernseher also, weil Marianne den ganzen Winter über bei Skirennen die Zeiten am unteren Rand des Bildschirms nicht hat lesen können, die Zeiten, die ihr ohnehin egal sind, weil alle in der gleichen Sekunde ins Ziel fahren, er sollte das längst wissen. Marianne schaut Skirennen, weil sie die Pistenführung interessiert, die Stangen, die genau vorgeben, wie eine jede zu fahren hat, und dann fällt doch jemand hinaus. Das sind die wahren Siegerinnen, die verstehen, den Parcours zu durchbrechen, hatte sie zu Karl gesagt, wenn sie an Sonntagen vor dem Fernseher gesessen hatten, und er hatte genickt. Ihr Mann hätte nichts von einem neuen Fernseher gehalten, bestimmt nicht.

Marianne reibt sich die Augen. Ist das dort Moser in seiner roten Jacke? Nein, der Punkt am Hügel ist pink und bewegt sich in die falsche Richtung, auf das Hotel zu. Die meisten Gäste kommen langsam voran. Manche gehen in Gruppen, manche zu zweit, einige halten Händchen, wenige küssen sich wie verliebte Teenager. Eigentlich mag Marianne die Einsamen, sie erinnern sie an die Skifahrerinnen, die ein anderes Ziel vor Augen hatten und vom Parcours abgekommen sind. Aber jetzt sind sie zu weit gegangen.

Sie holt nun doch das Fernglas, er müsste längst hier sein, die Einsamen gehen doch immer um diese Uhrzeit hinaus, um sich die Zeit bis zur nächsten Mahlzeit zu vertreiben. Sechs Stunden noch. Marlene wird alles verstehen, es muss so sein.

Marianne beeilt sich, sie fürchtet, Moser könnte auftauchen, sobald sie dem Hügel den Rücken zuwendet. Wie gestern um diese Zeit, eine Minute war sie in Gedanken gewesen, da stand er schon neben ihr, ohne dass sie ihn kommen gehört hätte.

Verzeihen Sie, sagte er, aber liege ich richtig in der Annahme, dass Sie nicht an Wiedergeburt glauben?

Wie bitte?

Sie werfen Steine auf Krähen. Ein Mensch, der an Wiedergeburt glaubt, verhält sich anders. Moser mein Name, Doktor Moser, es freut mich, Sie kennenzulernen.

Marianne antwortete nicht. Was denken Sie, wie das Feld aussähe, überließen wir es den Krähen?, wollte sie sagen, aber sie erinnerte sich an die Bitte der Bürgermeisterin, die Nachbarn mögen sich den Gästen gegenüber freundlich verhalten, es sei viel Geld investiert worden, wertvolle Arbeitsplätze hingen vom Erfolg dieses Projekts ab. In der Woche der Eröffnung war sie von Haus zu Haus gefahren, selbst bei Marlene und Boris, deren Hof bestimmt fünf Kilometer vom Hotel entfernt liegt, war sie gewesen.

Moser, wie gesagt, ich verbringe dreizehn Tage hier, fragen Sie nicht, weshalb. Ich bin gerade erst angekommen, gestern habe ich mein Zimmer bezogen. Beruflich beschäftige ich mich mit dem ausgehenden vierzehnten Jahrhundert, insbesondere mit der Erforschung von zwischenmenschlichen Beziehungen in dieser Zeit.

Von der Stromleitung schimpfte eine Krähe, Moser blickte Marianne erwartungsvoll an. Sie warf einen weiteren Stein aufs Feld, und ging in die Werkstatt.

Sie war immer gut mit dem Messer gewesen, Karl hatte sie dafür bewundert. In den ersten Wochen nach seinem Tod schnitzte Marianne nur Kerben ins Holz, dann erinnerte sie sich: Ein jedes Bild verwischt mit der Zeit, hatte Karl einmal gesagt, aber wenn du daran festhältst, bleibt es dir, vielmehr, es wird zu dir. Es ist wie mit dem Rathaus, wie oft habe ich es gesehen, aber dieses eine Bild mit dir und deinem Lachen davor geht nicht weg. Als er ging, nahm Karl seine Bilder mit, und Marianne fürchtete, auch ihre könnten irgendwann verschwinden. Von da an schnitzte sie, jeden Tag zumindest eine Stunde lang.

Draußen war immer noch die Krähe zu hören, als Marianne das Holz zurechtlegte. Sie blickte auf die Uhr, es war genügend Zeit, bis Marlene und Boris wie jeden Sonntag zum Mittagessen kommen würden. Sie hörte ein Räuspern, keine Sekunde später war Moser in der Werkstatt, seine Jacke raschelte.

Verzeihen Sie, sagte er, unter herkömmlichen Umständen rede ich weniger von mir, unter herkömmlichen Umständen bin ich auf meine Umgangsformen äußerst bedacht, aber in manchen Situationen werfe ich jegliche Konventionen – da entdeckte er die Köpfe.

Meine Güte, flüsterte Moser, er wurde still und schaute sich um. Marianne schaltete das Radio ein, sie verhielt sich, als bemerkte sie ihn nicht. Vielleicht würde er dann gehen, vielleicht würde er einfach die Türe hinter sich zuziehen und verschwunden sein. Felicità, ausgerechnet, dachte sie und drehte lauter, wenn er nicht geht, würde sie ihn zumindest nicht hören können. Doch Marianne irrte sich. Moser besaß eine kräftige Stimme.

Meine Güte, wiederholte er lauter, wie oft haben Sie den fünfundvierzigsten amerikanischen Präsidenten geschnitzt? Nicht einmal hier entkommt man ihm, hier, wo ich mich zur Erholung eingefunden habe, fernab von jeglichem –

Das ist nicht, begann Marianne, wie kommen Sie darauf, das ist mein – da griff Moser nach einem Kopf im Regal –, mein verstorbener Mann ist das, gehen Sie, schrie sie, so laut sie nur konnte, und schlug gleich darauf die Tür hinter ihm zu.

Beim Mittagessen erwähnte sie nicht, was am Vormittag geschehen war, und als Marianne wenig später ein Klopfen an der Tür hörte, dachte sie zuerst, es sei die Nachbarin, die von ihrer Fortbildung zurückgekommen sei. Aber draußen stand Moser, er nestelte an seiner Jacke.

Guten Tag, begann er, Sie haben äußerst schöne Exemplare der Hauswurz in diesem Kübel, Sempervivum tectorum, einst sprachen die Menschen ihr Zauberkräfte zu, selbst römische Kaiser trugen ihre Blattrosetten als Kranz, um sich vor Blitzen zu schützen, und Karl der Große befahl, sie auf den Dächern seiner Reichsgüter anzupflanzen. Gewiss, bereits im sechzehnten Jahrhundert machten sich Gelehrte über den Zauber lustig, aber man weiß nie, ob es nicht doch von Nutzen ist, was unsere Vorfahren dachten.

Marianne schloss die Tür, ohne ein Wort zu verlieren, sie sperrte sie ab, so oft sich der Schlüssel drehen ließ, und ging hinauf. Vom ersten Stock aus beobachtete sie, wie Moser einen Brief und einen Blumentopf hinterließ.

Sobald Moser nicht mehr zu sehen war, holte sie den Brief ins Haus. Die Pflanze ließ sie draußen stehen, eine Buntnessel mit hellgrünem Blattrand. Sie betrachtete den Brief. Ein weißes Kuvert mit dem Namen des Hotels, darunter stand in ordentlicher Schrift: *Für die Frau, die gut schnitzt und keine Krähen mag*. Sie holte ein Messer aus der Küche und riss das Kuvert auf. Moser hatte auch das Briefpapier des Hotels verwendet. *Verzeihen Sie bitte mein Auftreten am Vormittag,* las Marianne. *Ich werde wiederkommen, nehmen Sie diese Nessel als Zeichen meiner Entschuldigung. PS: Eine Buntnessel ist nicht zu verwechseln mit einer herkömmlichen Nessel, wobei auch die herkömmliche Nessel einen schlechteren Ruf hat, als ihr zusteht.*

Mit einem Kugelschreiber strich sie jedes einzelne Wort durch. Dann ging sie hinaus, um den Brief dorthin zurückzulegen, wo sie ihn gefunden hatte. Der Pflanze brach sie einen Trieb ab und warf ihn in die Sträucher. Marianne war sich sicher, Moser würde gleich wieder vor ihrer Haustür stehen. So wirkte er. Wie einer, der in der nächsten Minute einen Vorwand findet, um wieder zu ihrem Haus zu kommen.

Aber statt Moser kam Boris, der seine Geldbörse suchte. Und hätte er an diesem Abend nicht seine neue Jacke getragen, wäre es bestimmt anders verlaufen. Marianne saß im Schlafzimmer, als sie jemanden klopfen hörte.

Sie musste den Stein noch vom Vormittag in der Hosentasche gehabt haben, sie musste das Fenster im ersten Stock geöffnet und ihn hinuntergeworfen haben, auf jemanden, der gerade dabei war, in einer roten Jacke einen Brief zu lesen, einen Buntnesseltopf in der Hand.

Ich wollte niemanden verletzen, sollte sie später am Telefon sagen, ich wollte jemandem Respekt einjagen wie den Krähen am Feld. So schlimm ist es doch nicht?

Wie den Krähen am Feld, würde ihre Tochter wiederholen, du hättest ihn umbringen können. Gleich danach würde sie auflegen, ohne sich zu verabschieden.

Seitdem hat Marlene nicht mehr abgehoben. Marianne wird heute zu ihr fahren. Sie wird Bienenstich und Bier bringen, etwas für Boris und etwas für ihre Tochter. Es muss zum richtigen Zeitpunkt sein, kurz nachdem Boris von der Arbeit nach Hause kommt und kurz bevor Marlene in den Stall geht. Das ist der Moment, um sich zuerst bei ihrem Schwiegersohn zu entschuldigen und dann ihrer Tochter von Moser und dem Präsidenten zu erzählen, die ganze Geschichte, sie wird ihre Wut verstehen, spätestens, wenn sie im Stall bei den Kühen ist. Die Kühe beruhigen, hat Marlene einmal gesagt, wie ihre Flanken sich heben und senken, ihre Flecken wie Inseln und dazwischen das Meer. Marianne atmet ein und wieder ein. Die Kühe halten sich an Zeiten, anders als die Einsamen. Sechs Stunden, dann wird sie zu ihrer Tochter fahren.

Formen der Kontaktaufnahme

Fahren geht immer, fahren geht, wenn kein vernünftiger Gedanke mehr möglich ist. Helga lenkt den Traktor den Hügel hinauf, sie dreht am Lautstärkeregler des Radios. Lauter. Das ist keine Müdigkeit, die sie nur sanft zum Gähnen bringt. Nein, das ist die Müdigkeit, die eine unsichtbare Wand zwischen ihr und der Welt aufzieht, alles noch da, aber kein Durchkommen mehr, das ist die Mardermüdigkeit. Die ganze Nacht hat er auf dem Dachboden gepoltert, es klang, als müsse er unablässig Felsen rollen, ein Sisyphos in Tiergestalt. Wir begeben uns heute ins vierzehnte Jahrhundert, hört sie die Radiosprecherin sagen. Helga hat nichts gegen Tiere, nein, im Gegenteil, sie hegt große Zuneigung für sie, aber auch ein Tier muss wissen, wie es sich zu benehmen hat. Ins Jahr 1386, als in der französischen Stadt Falaise eine Sau vor den Richter geführt wurde.

Alles hat sie versucht, alle Ratschläge umgesetzt, Unmengen an Hundehaaren ausgelegt, ein Radio aufgestellt, Brahms und Bartók, nächtelang. Dem Tier wurde vorgeworfen, einen Säugling zu Tode gebracht –

Eine Falle musst du aufstellen, hat Marianne, die Nachbarin, gleich zu Beginn gesagt, sonst leben bald Generationen von Mardern bei dir, fangen musst du ihn. Helga sieht hoch zum Hotel. Wolken, aber gleich wird die Sonne durchkommen. Sie dreht sich um, schaut auf

Mariannes Haus, von dem Rauch aufsteigt. Marianne würde selbst im Sommer einheizen, windig ist es heute, aber doch nicht kalt. Ein Jahr ist es bestimmt schon her, dass sie mit ihr darüber gesprochen hat, der Marder war gerade erst eingezogen. Sie saßen auf der Bank vor Mariannes Haus, einer der ersten warmen Tage, sie musste die Augen zusammenkneifen, weil die Sonne so sehr blendete.

Ein Jahr. Seither haben sie bessere und schlechtere Nächte miteinander verbracht, Helga vermutet, dass der Marder bei Vollmond aktiver wird. Aber nimmt der Mond momentan nicht ab? Du musst etwas tun, hat Marianne gesagt, versprich mir das und komm mir nicht mit Räuchern, ich will hier keine Marder haben. Es wurde beschlossen, dass der Sau zuerst ein Bein ausgerissen werden sollte, um sie die Schmerzen des Säuglings nachvollziehen zu lassen, danach sollte sie an den Hinterschenkeln am Galgen befestigt werden und so zu Tode kommen. Die ganze Stadt war geladen, der Hinrichtung beizuwohnen, alle Schweine waren verpflichtet zuzusehen, um –

Helga dreht das Radio ab. Sie schließt die Augen, sie kennt den Weg. Nur zehn Sekunden, Helga zählt. Zehn, neun, acht. Sie sieht den Marder schlaflos in ihrem Bett liegen, während sie auf dem Dachboden Kugeln rollt, rund um ihr Bett Hunderte Marder und Marderkinder, die dem Marder zusehen, wie er die Geräusche über sich verflucht. Sie überlegt, ob es schlimmer ist, im Bett zu liegen oder Kugeln rollen zu müssen. Ein Rumpeln, Helga reißt die Augen auf, sie stoppt den Traktor und fährt mit den Händen über ihr Gesicht. Weit und breit keine Wolken, nichts, nur ein Kondensstreifen, den ein Flugzeug nach sich zieht.

Der Lauf der Erde

Zieht jedes Handeln eine Konsequenz nach sich? Ich bekomme die Stimme nicht aus meinem Kopf. Ich greife an mein Ohr, nur das Dröhnen des Flugzeugs, sonst ist es still. Der Satz passt nicht zu dem Kind, das vor uns am Gangplatz sitzt und ein Spielzeug in der Hand hält, Noppe für Noppe nach innen drückt. Neben mir sein Vater, immer noch, ich habe meinen Platz nicht gegen den des Kindes getauscht, nein, selbst wenn es eine bemerkenswerte Stimme hat, ich bleibe hier, auf meinem Fensterplatz. Ja, ich weiß, dass es keinen Sinn macht, dass ich im Fall des Falles weiter außen sicherer säße, aber es ist besser so, wie es ist, nahe der Innenhaut.

Was ist die Innenhaut?, würde Agnes an dieser Stelle fragen.

Du steigst aus, gehst durch die Passkontrolle, du gehst hinaus. Dort, wo die Türen sich weit aufschieben, warte ich auf dich. Ich schaue noch einmal auf die Sätze, die sie mir geschrieben hat, als könnten mich die Buchstaben schneller zurück auf den Boden bringen, ich lege meine Hand auf die Verkleidung unter dem Fenster.

Die Innenhaut ist dort, wo du das Zittern spürst.

Kleine Tropfen, die am Fenster tanzen, unten der Fluss, dahinter die Felder. Ich streiche über das Plastik. Kein Vergleich mit der Berührung eines Zuges, viel zu hohl fühlt es sich an. Der Wind könnte weniger sein, ich möchte die Blenden schließen. Der Vater schaut auf sein Telefon. Vielleicht wird er später, wenn die Anschnallzeichen erloschen sind, noch einen weiteren Versuch unternehmen, den Platz zu wechseln, um neben seinem Kind zu sitzen. Vielleicht wird er aber auch die Serie zu Ende sehen und bleiben, wo er ist. Ich überlege, ob die Familie sich aus Kostengründen dem Algorithmus widersetzt hat, der Familien nur gegen Aufpreis Plätze nebeneinander zuweist. Ich überlege, wie hoch die Prozentzahl der Familien sein könnte, die bereitwillig dafür zahlten, getrennte Sitzplätze zu erhalten, und ob es nicht das klügere Geschäftsmodell wäre. Der Sohn drückt immer noch Noppen, ich weiß nicht, bis zu welchem Alter solch ein Spielzeug üblich ist. Vielleicht hat er es seiner Schwester entwendet, die drei Reihen weiter vorne festgeschnallt auf dem Schoß der Mutter sitzt, aber ist sie dafür nicht zu klein? Der Sohn jedenfalls wirkt zu alt dafür und zu jung für solch einen Satz, ein Kind am Übergang, aber was weiß ich, welche Sätze zu welchen Menschen, welche Dinge wohin gehören. Am Vordersitz die Sicherheitshinweise, jemand hat in der rechten Ecke ein Stück des Aufklebers abgekratzt. Es wackelt stärker, ich greife nach der Armlehne, die mich vom Vater trennt, er lässt seine Finger am Telefon. Was weiß ich.

Er ist mir vorhin schon aufgefallen. Das Einsteigen ging langsam voran, viel zu langsam. Fünfzehn Minuten standen wir bestimmt in diesem engen Korridor, ich trat von einem Fuß auf den anderen. Ich weiß, flüsterte ich, wenn ich auf dem linken ankam, dass es sein muss, auf dem rechten. Dann zählte ich die Menschen, die in meiner Sichtweite waren, dann dividierte ich sie durch die Anzahl der Koffer, die sie bei sich hatten. Ich zählte bis zu meiner Sitzplatzreihe, 23, ich sagte mir, du bist gut durch die Sicherheitskontrolle gekommen, niemand hat dein flatterndes Herz bemerkt, 23A, 23A. Ich drehte mich um.

Der Mann hinter mir schaute auf sein Telefon, die Frau versuchte, Nasenspray in die Nase des Kleinkinds zu bekommen, das ältere Kind starrte in ein Loch. Sie hatten bei jedem Handgepäcksstück die maximale Größe ausgenutzt, schwarze Koffer mit roten Bändern daran. Ich dachte darüber nach, warum so viele Menschen dazu neigten, ihre schwarzen Koffer mit roten Bändern zu markieren, ich kam zu dem Schluss, dass Rot die häufigste Bänderfarbe in reisewilligen Haushalten sein musste, ebenso, dass Schwarz als häufigste Kofferfarbe gewählt wurde und dass dieses Aufeinandertreffen von Gegebenheiten zu einer Farbkombination führte, die der Absicht, sich von anderen zu unterscheiden, grundlegend entgegenwirkte – da hörte ich den Sohn fragen: Zieht jedes Handeln eine Konsequenz nach sich?

Der Vater reagierte nicht, vielleicht schaute er weiter auf sein Telefon, vielleicht hatte er seinen Sohn nicht gehört, weil weiter hinten ein Kind brüllte und ein Hund bellte, kann das tatsächlich ein Hund gewesen sein? Ich hielt Ausschau, es war ein hohes Bellen gewesen, es musste ein kleines Tier sein, da sah ich, wie das Kind den Vater anblickte und etwas lauter fortsetzte: Ich frage mich, ändert sich der Lauf der Erde, wenn ich jetzt in dieses Flugzeug steige? Erhöht sich der Meeresspiegel, ertrinken die Einsiedlerkrebse?

Ich drehte mich um, um das Kind noch einmal genauer anzusehen. Hör auf damit, da war die Stimme des Vaters, und genau in diesem Moment kam Bewegung in die Schlange, die sich langsam ins Flugzeug schob. Immer, hörte ich den Sohn noch sagen, aber wir waren schon beim Einstieg angekommen. Jetzt ging es los. Ich legte meine Hand an den Türrahmen, eine flüchtige, beiläufige Bewegung, die ich jedes Mal ausführe, wenn ich ein Flugzeug betreten muss. Ich strich über seine Außenhaut. Es fühlte sich an, wie es sein sollte, glatt und wohltemperiert, da kam die Bewegung ins Stocken. Ein Fluggast suchte umständlich seinen Reisepass und war nicht davon abzubringen, egal, in welcher Sprache die Flugbegleiterin versuchte, ihm zu erklären, dass ein Vorweisen des Passes an dieser Stelle nicht notwendig sei. Er durchwühlte seine Manteltaschen, er setze in seinem Rucksack fort. Glücklich hielt er ihr das Dokument schließlich hin, und glücklich ließ sie ihn seinen Platz suchen, da bemerkte ich, dass meine Hand immer noch am Flugzeugtürrahmen lag.

Schnell zog ich sie zurück. Unter keinen Umständen wollte ich wie eine wirken, die ein Flugzeug streichelt, nein, so jemand bin ich nicht. Ich wischte meine Hand am Pullover ab, ich warf einen Blick über meine Schulter. In den meisten Fällen nehmen Mitmenschen weniger wahr, als wir vermuten, hatte Agnes einmal gesagt, als wir zum Abendessen verabredet gewesen waren und sie mich auf einen großen braunen Fleck auf meiner

Wange hingewiesen hatte. Es war Stunden her gewesen, dass ich Schokolade gegessen hatte, drei Termine hatten zwischen dem Abendessen und der Schokolade gelegen, zwei Straßenbahnfahrten, zig Begegnungen, ich wusste, dass Agnes nicht recht haben konnte, und doch wollte ich ihr glauben.

Die Familie war mit der Frage beschäftigt, wer welches Gepäcksstück tragen sollte. Der Vater hatte auffällig viel Kleidung an für solch ein Frühlingswetter, vielleicht, um im Koffer Platz zu sparen, vielleicht fror er auch. Ich dachte an Agnes, wie sie gelächelt hatte, als sie mir die Serviette gegeben hatte, um die Schokolade abzuwischen, da bemerkte ich den Sohn, der auf den Türbereich starrte, genau dorthin, wo gerade noch meine Hand gelegen hatte.

Willkommen, sagte die Flugbegleiterin, ich beeilte mich, einzutreten, ich drehte mich noch einmal schnell um. Er lächelte.

Ich wollte Agnes glauben.

Gleich werden wir die Wolkendecke durchbrochen haben. Gerade habe ich auf die Uhr geblickt und schon wieder die Zeit vergessen, wie lange fliegen wir, fünfzehn Minuten, zwanzig? Nein, ich schaue nicht noch einmal nach, nein. Das Flugzeug wackelt weiter durch Grau, oder ist es Weiß, was weiß ich. Wenn wir uns sehen wollen, müssen wir fliegen, hatte Agnes auf einer vielbefahrenen Straße tief unter mir gesagt. Wie lange ist das alles her? Ein schwarzes Auto rauschte vorbei, und noch eines, ich bin mir sicher, dass sie keine Farben hatten. Jemand telefonierte im Inneren eines dieser Autos, jemand bohrte in seiner Nase, und jemand suchte nach Kaugummi, während Agnes in den Himmel schaute und diesen Satz sagte.

Ich hatte sie nicht gleich verstanden, und das lag nicht am Lärm, dem gleichmäßigen Rauschen der Reifen, der Feuerwehr, die sich näherte und gleich wieder verschwand. Es lag daran, dass Agnes oft so sprach, wenn sie etwas am Himmel entdeckte. Flugzeuge zeigen dir die Möglichkeiten, die vor dir liegen, solche Dinge, Sätze wie Kalendersprüche, die so austauschbar waren, dass ich sie kaum noch bemerkte. Deshalb dachte ich in jenem Moment auch nicht daran, dass Agnes mir mitteilen wollte, dass ihre Entscheidung gefallen war, sondern an den Hund, dem ich am Vorabend begegnet war. Auch er hatte wie die Feuerwehr, die wir gerade gesehen hatten, geblinkt, er hatte genau in dem Moment zu leuchten begonnen, als er an der Bar vorbeigelaufen war. Ich sprach nicht davon, weil ich Agnes die Geschichte bereits am Telefon erzählt hatte - nicht der Hund, sein Halsband, meinst du - ich weiß, aber trotzdem sah es für einen Moment so aus, als könnte ich sein Herz leuchten sehen.

Ja, sagte ich stattdessen zu Agnes. Ich sagte einfach nur Ja und erzählte ihr von dem Mann, über den ich auf dem Weg zu ihr gelesen hatte, einem Mann, der Leichen auf ihr Begräbnis vorbereitet und ihnen dabei Kopfhörer in die Ohren steckt, um ihnen ein schönes Gesamterlebnis zu bieten, wie er sagte, erbauliche Kirchenlieder, das sei ihm wichtig, auch auf solche Kleinigkeiten zu achten.

Ich weiß nicht, warum ich ausgerechnet diese Geschichte erzählte. Mir graut vor dem Gedanken, das sagte ich zum Schluss. Ist doch egal, sagte Agnes, wenn es vorbei ist, ist es vorbei.

Auch so ein Satz. Wenn es vorbei ist, ist es vorbei. Zieht jedes Handeln eine Konsequenz nach sich? Da ist sie wieder, die Stimme des Kindes. Ich schaue hinüber zu ihm, es drückt in immer höherer Geschwindigkeit Noppen nach innen, als stünde es kurz vor einer Zielgeraden. Ich bewundere seine Konzentration. An jenem Tag, als Agnes in den Himmel zeigte, war ich so durcheinander, dass ich den Automaten in der Tiefgarage zurückgrüßte, als er sagte: Hallo. Bitte schieben Sie Ihr Ticket ein. Kurz darauf richtete ich den Garagenöffner auf die Schiebetüren des Supermarkts. Durch den Wind, das sagt Agnes oft.

Fünf Wochen ist das alles her, und jetzt sitze ich hier und versuche, mir ihr Gesicht vorzustellen, aber ich sehe nur Hände, Finger, Monde. Ich öffne die Augen, streiche wieder über die Innenhaut des Flugzeugs. Immer noch viel zu hohl. Nichts Beruhigendes liegt in dieser Berührung, keine Zuversicht, nur das Gefühl, in etwas gegriffen zu haben, das niemand auf den Händen spüren will. Da sehe ich den Sohn, wie er zu uns herüberblickt, er ist bei der letzten Noppe angekommen. Er schaut seinen Vater an, liegt etwas Versöhnliches in seinem Blick? Nein, er sieht mich an, jetzt lächelt er. Ich wische über meinen Kopf, über die linke Wange, über die rechte. Schokolade auf der Stirn wäre außergewöhnlich, ich schaue auf meine Hände, nichts. In diesem Moment beginnt der Sohn, den Vordersitz zu streicheln, eine zögerliche Bewegung, jetzt dreht er die Hand um, fährt mit dem Handrücken übertrieben vorsichtig über das Plastik, er lacht. Nein, das meinte ich nicht vorhin, nein, möchte ich ihm zurufen, ich bin keine, die ein Flugzeug streichelt, ich rutsche in meinen Sitz hin und her, da nimmt der Vater die Kopfhörer aus den Ohren. Alles in Ordnung?, fragt er, und ich halte beide Daumen hoch, statt den Kopf zu schütteln, ein Daumen hätte genügt, denke ich, noch während ich die Handbewegung ausführe. Der Sohn streichelt nun die Armlehne, er wirkt glücklicher als zuvor, da ist wieder die Stimme des Vaters: Geht es Ihnen gut?

Ja, sage ich, alles, wirklich alles ist gut.

Möglichkeiten der Zeitgestaltung

Gut möglich, dass dort oben am Hügel ein Mann von Tisch zu Tisch spaziert. Das Café im Erdgeschoß des Hotels ist geschlossen. Vielleicht wegen Personalmangels, vielleicht rentiert sich der Umsatz um diese Uhrzeit nicht. Für den Mann spielt es keine Rolle, weshalb. Er geht mit großer Sorgfalt vor. An jedem Tisch nimmt er Platz, holt die Weinkarte aus der Halterung. *WEINE* steht darauf in Großbuchstaben, und ebenfalls in Großbuchstaben schreibt er auf jede einzelne Karte: *NICHT*. Er setzt den Stift dabei fest aufs Papier, die Striche sollen so dick wie möglich sein. Als er seine Arbeit beendet hat, steckt der Mann den Kugelschreiber in die Tasche seines karierten Hemds. Er nickt den leeren Kaffeehaustischen zu. Jetzt kann er nach Hause fahren. In der Bewertung seines Aufenthalts wird er schreiben: Alles in guter Ordnung. Einiges an Glück gefunden. Nur der Wind könnte weniger sein.

Für Philipp schwarzen Mais

Der Wind könnte weniger sein. Philipp kratzt am Lack der Reling. Gestern hat er den ersten Fisch abgeholt. Einen Fisch, denkt er, davon werde ich nicht erzählen, nicht vom Fisch, dem Schwein, den Katzen, den Hunderten Katzen, den Hunden, Hamstern, nicht von Lukas und seinem Besuch zu Monatsbeginn. Er sieht sich um, der Onkel versucht, die Haare über den Kopf zu legen. Der Onkel neben Isabelle, auch deren Mutter steht da ganz in Schwarz, die Frau, die er nur aus Lukas' Erzählungen kennt. Ich hatte sie mir kräftiger vorgestellt, mit großen Händen, ein wenig wie die Chefin in Wien. In deiner Aufzählung hast du die Meerschweinchen und Kaninchen vergessen, würde sie sagen, unsere kleinen Gäste – nicht jetzt, hier ist der falsche Ort, um über die Arbeit zu sprechen. Philipp, entspann dich, vergiss die Außenkanten deines Mundes nicht.

Philipp schüttelt den Kopf, um die Stimme zu verjagen. Kleinvieh macht auch Mist, soll Isabelle gesagt haben, als sie zum ersten Mal zum Hasenstall gegangen war. Bald schon war es immer Isabelle, die den Hasen das Fell abzog, Lukas kam damit nicht gut zurecht, weshalb ihm der Onkel den Hof fast nicht überschrieben hätte. Isabelle war für alle ein großes Glück. Nun geht sie einen Schritt auf ihren Schwiegervater zu und legt ihre Hand auf seinen Rücken. Der Onkel nickt und hält seine Haare fest.

Beim Ertönen des Signalhorns werden sie Blumen ins Wasser werfen, *welche spielt keine Rolle, Hauptsache sie blühen*, die meisten haben sich für weiße Rosen entschieden, die sie wie unbrauchbare Ruder in ihren Händen halten. Nur Isabelles Mutter hat ihre auf die Reling gelegt, sie bricht die Dornen ab und lässt sie in ihrer Handtasche verschwinden, Dorne für Dorne steckt sie ins Außenfach. Philipp beobachtet, wie sie den Stängel nochmals kontrolliert, ein zögerlicher Strich mit dem Daumen, dann zieht sie entschlossen den Reißverschluss zu. Hallo, ich bin Philipp, wird er später zu ihr sagen, Lukas hat so viel von dir erzählt, dass du gerne – nein, besser nicht. Philipp, wir haben dich hier lange nicht gesehen. Onkel, ich weiß. Schön, dass alle Kinder wieder einmal versammelt sind, auch wenn, arbeitest du noch – nein, besser jedes einzelne Gespräch vermeiden, so gut es geht.

Zuerst das Signalhorn, danach wird das Schiff langsam noch einmal die Stelle umkreisen, wo sie die Urne ins Wasser gelassen haben. Alles wird nach Plan verlaufen, alles, wie von Lukas gewünscht.

Lukas hat sie alle überrascht. Nicht so sehr, dass er mit überhöhter Geschwindigkeit sein Auto gegen einen Baum gelenkt hatte, nein, das war es nicht, so etwas kann durchaus passieren, wenn einer nach dem Feuerwehrfest nach Hause muss. Aber dass in seiner Jackentasche diese Broschüre steckte, hätte ihm niemand zugetraut. FÜR DEN FALL DER FÄLLE, hatte er in Großbuchstaben darauf geschrieben. *Ich will zurück, wo ich herkomme. Schön anziehen, viel essen. Für alle Isabelles Seidenhühner, für Philipp schwarzen Mais.*

In der Broschüre wurden die Vorteile einer Flussbestattung erklärt, *die innige Verbindung mit der Natur, die unbegrenzte Freiheit und nicht zu unterschätzen: keine weiteren Folgekosten, zum Beispiel Grabpflege.* Diesen Teil hatte Lukas doppelt unterstrichen. *Die Seeurne löst sich im Wasser auf, und die sterblichen Überreste (Asche) werden langsam an das Wasser freigegeben. Der Mensch wird somit Teil der Natur und gelangt im Fluss der Donau in artenreiche Naturräume, durchquert einige Länder und mündet schließlich über das ausgedehnte Donaudelta ins Schwarze Meer.* Ein weiterer Satz, den Lukas unterstrichen hatte: *Eine Musikanlage ist vorhanden.*

Verstehst du das?, fragte Isabelle am Telefon, er muss die Broschüre von seinem Besuch bei dir mitgenommen haben, hat er dir etwas erzählt? Zurück, wo er herkommt, hier kommt er her, wo weit und breit kein Wasser ist, und was will er im Schwarzen Meer?

Nein, flüsterte Philipp, nicht nur, weil zwei Stockwerke über ihm eine Kundin wartete. Isabelle, es geht momentan schlecht, ich rufe dich später zurück.

Philipp wusste, er würde sie nicht zurückrufen. Er richtete seine Haare, kontrollierte noch einmal den Lieferauftrag, er griff nach der Luftpolsterfolie und ließ am äußersten Rand eine Noppe platzen, niemand wird es bemerken. *Kein Wort zu Isabelle.* Nein, es wird niemandem aufgefallen sein.

Im Prinzip ist es wie Pizzazustellung, stottert Philipp zu Monatsbeginn, als er mit Lukas in Ivos Gaststube sitzt, nur das Trinkgeld ist meistens besser. Lukas sitzt still. Zustellung, sagt Philipp, nicht Abholung, da besteht ein großer Unterschied. Ich klingle, ich gehe unzählige Stufen hinauf, einige warten bereits an der Wohnungstür, andere öffnen sie erst nach erneutem Klingeln, ich grüße, ich überreiche eine Tragetasche, in der sich in Luftpolsterfolie gewickelt die Urne des Haustieres befindet, das mich vor zwei Wochen an dieser Stelle vielleicht noch angebellt hätte. Manche sind gefasst, andere den Tränen nahe, aber das kann einem auch mit Pizza passieren. Ich bin um Sachlichkeit bemüht, keine Beileidsbezeugungen, das erledigt die Chefin am Telefon, wenn die Formalitäten geklärt werden, Urnenwahl und sonstige Zusatzangebote, die Zustellung ist ein neutrales Geschäft, ich habe nicht siebzehn Semester Komparatistik studiert, um mich über Regenbogenbrücken und die weiteren Wege unserer Gäste zu unterhalten. Ja, Gäste, Lukas, Gäste und Schlafraum, das sind Worte, die in unserem Geschäft wichtig sind. Lukas, sitz nicht so still, sag doch was.

Jetzt nickt Lukas, und Philipp greift nach einem Zahnstocher, er bricht ihn in drei Teile, Lukas nickt immer noch, sechs Teile, zwölf. Kein Problem, sagt er schließlich genau in dem Moment, in dem Ivo mit drei Gläsern Sliwowitz an den Tisch zurückkommt: Wie ich vorhin begonnen habe, wie ich versucht habe darzulegen, Philipp ist mein Freund, seit er mir Sandy nach Hause gebracht hat. Seine Familie ist meine Familie, ich bin froh, dass wir uns kennenlernen.

Philipp sieht zu Lukas hinüber, der nach seiner Halskette greift, eine silberne Kette, daran sein Ehering, das sei sicherer, davon spricht er jedes Mal, nicht vorzustellen, ich würde mir wegen diesem Ring beim Arbeiten den Finger abtrennen, und Ivo stellt das Tablett auf den Tisch, er holt sein Telefon aus der Hosentasche, um Lukas die Fotos zu zeigen, die Philipp schon unzählige Male gesehen hat: Chihuahua Sandy am Strand, Sandy vor der Yuccapalme, die im Frühling in Ivos Gastgarten getragen wird, Sandy mit einem Stofftier, das Dreifache ihrer Größe. Philipp beobachtet Ivo, wie er das Foto vergrößert. Eine der strengsten Prüfungen der Vorstellungskraft ist es, einer Katze einen Namen zu geben, er überlegt, wo er diesen Satz gelesen hat – dieses Buch mit Zitaten zu Katzen, das ihm die Chefin zur Vorbereitung seines ersten Arbeitstages gegeben hat, das muss es gewesen sein –, Philipp greift wieder nach einem Zahnstocher, er ist sich sicher, dass es sich mit Hunden ähnlich verhält, und Lukas nickt, er nickt wie damals, als er dachte, Philipp würde als Head of Distribution bei einem Verarbeitungsbetrieb beschäftigt sein, Head of Distribution, das hatte sogar den Onkel beeindruckt.

Und hier, sagt Ivo nun, hier ist ihre letzte Ruhestätte, ein Mausoleum mit Dach aus Metall, damit sie nie der Regen trifft. Wäre dein Cousin nicht gewesen, hätte ich nicht gewusst, welche Möglichkeiten es gibt. Der beste Tierbestatter weit und breit.

Ich bin kein Tierbestatter. Ich stelle nur die Asche zu.

Ivo klopft ihm auf die Schulter, und Lukas beginnt wieder zu nicken: Ich erinnere mich, als du den Hasen am Straßenrand gefunden hast –

Weißt du, sagt Ivo und legt seinen Daumen auf den Bildschirm, ich habe immer gesagt, in dieser Hündin ist ein Mensch mit dem Namen Stefanie eingesperrt, aber wer nennt einen sandfarbenen Chihuahua Stefanie. Die meisten Tiere liegen einem leicht am Herzen, nur wenige ankern sich tief darin ein.

Du hast dich zu ihm hinuntergebeugt, sagt Lukas, hast ihn geschüttelt, fest an seiner Brust gerieben, du hast den Kopf nach hinten gestreckt, die Atmung überprüft, dann hast du das Beatmungstuch von deinem Schlüsselanhänger genommen, es war viel zu groß für einen Hasen, Beatmung und Herzdruckmassage, du hast den Radetzkymarsch gesummt. Mitten in der Nacht neben der Bundesstraße, während irgendjemand in den Graben –

Weißt du, sagt Ivo, ohne auf Lukas zu achten, weißt du, hier ist mir eine Wunde geblieben. Er klopft auf seinen Brustkorb. Wie unruhig sie nach der ersten Spritze wurde, wie sie sich umschaute, als würde sie sich ansehen, was sie zurückließ und wohin sie ging. Das Telefon läutete, und der Tierarzt sprach von Kastrationsterminen. Er sprach und sprach, ihr Kopf wurde schwer. Ich hielt sie, bis er die zweite Spritze setzte, ich hielt sie, bis er mit dem Handtuch kam, in das er sie wickelte, ein Handtuch mit unzähligen Kätzchen darauf.

Du konntest den Hasen nicht retten, sagt Lukas. Niemand hätte diesen Hasen retten können, der bestimmt schon Stunden dort –

Was war ich froh, dass Philipp blieb, nachdem er die Urne gebracht hatte. Der Chihuahua weist den Seelen den Weg ins Totenreich, sagte er, deshalb war er bei den Mexikanern ein beliebter Opferhund. Was für ein Glück, dass Ihre Sandy so viele Jahre später geboren wurde.

Gut jetzt, unterbricht ihn Philipp, bevor Lukas sagen könnte: Ich dachte, du bist um Sachlichkeit bemüht. Er nimmt einen Schluck, die anderen tun es ihm nach, zu schnell, Philipp hustet. Kein Problem, sagt Lukas, nachdem er sein leeres Schnapsglas abgestellt hat, wirklich, Tierbestatter passt zu dir.

Nach der Übergabe an die Donau umkreist die Kapitänin noch einmal die Stelle, an der die Urne ins Wasser gelassen wurde. Der Onkel schüttelt den Kopf. Alles hier ist falsch, flüstert er, ein Grab muss unter der Erde sein. Philipp nickt. Heute, möchte er antworten, heute haben wir den ersten Fisch abgeholt, er soll begraben werden. *Kein Wort.*

Er sieht hinüber zu Isabelle. Verstehst du das?, fragte sie am Telefon.

Lukas und Isabelle, Isabelle und Lukas, im Idealfall verhält es sich wie mit Hunden und ihren Menschen, mit den Jahren sehen sich auch Paare gleich, sagte Lukas einmal. Es hätte nicht besser kommen können, auch das sagte er. Isabelle bemerkt Philipps Blick, sie schaut vom Wasser auf, lächelt müde. Sie hat kein zweites Mal angerufen, sie wird auch heute nicht fragen, nein, das wird sie nicht. Damals, vor einer Woche, steckte Philipp sein Telefon in die Hosentasche, er stieg die letzten Stufen hinauf. Nimm niemals den Lift, hatte die Chefin bei der Einschulung gesagt, das gibt der Kundschaft Zeit, sich auf dein Eintreffen vorzubereiten, und wenn die Wohnung hoch genug liegt, siehst du mitgenommener aus. Ein Stockwerk noch, er rieb sich die Augen. *Kein Wort zu Isabelle*, nein, wirklich nicht.

Drei Wochen ist es her. Sie gehen nach Hause, Lukas dicht neben Philipp. Lukas ist ein bedingungsloser Trinker, hat Philipp zuvor zu Ivo gesagt, egal, was du ihm hinstellst, das Glas ist leer. Wie ruhig es ist, möchte er jetzt zu Lukas sagen, aber er weiß, dass für Lukas hier keine Ruhe ist. Die Autos, die ein paar Straßen weiter drüben zu hören sind, das Rattern der Reifen, wenn sie auf Straßenbahnschienen treffen. Lukas geht langsam, er bleibt vor jeder zweiten Auslage stehen. Hast du etwas zu trinken zu Hause?, fragt er, als er die Parten beim Bestatter liest: Sieh dir den an. Lukas lacht über einen Mann mit vielen Haaren, und Philipp greift nach seinem Telefon: Bier, oder?, fragt er. Alles zustellen lassen, murmelt Lukas und klopft ihm auf den Rücken. Philipp geht einen Schritt zur Seite. Wir sind gleich da.

Und dann sitzen sie am Küchentisch, Philipp schaut auf sein Telefon, *deine Bestellung ist unterwegs zu dir*. Er sieht einen blauen Punkt auf der Karte, und Lukas beginnt zu reden. Er sei hier, weil er sich in einer Krise befinde, sagt er, er sagt: Siebzig Kühe, siebenhundert Jahre, bis der Kredit abbezahlt ist, siebzig Kühe, sieben Krähen, null Kinder, siebenhundert Jahre, siebzig Kühe, kurz: Ich bin hier, um unsichtbar zu werden.

Du möchtest wieder mit dem Zaubern beginnen?

Ich war bei einer Versammlung, es waren sehr freundliche Menschen dort. Das beste Madagaskarschnitzel habe ich gegessen, die besten Tricks gesehen.

Was ein Madagaskarschnitzel ist, möchte Philipp fragen, er sagt: Meinst du?

Manche haben es bis in die USA geschafft. Jetzt wäre ein guter Zeitpunkt, später habe ich keine Kraft dazu.

Hasen hättet ihr genug.

Wir haben keine Hasen mehr. Wir haben jetzt Seidenhühner, wie die Nachbarn.

Wie die Nachbarn, sagte Lukas, da klingelte es an der Tür. Und jetzt erklingt das Signalhorn zum zweiten Mal, ein tiefer, durchdringender Ton. Isabelle richtet sich auf und streicht ihre Hose glatt. Irgendjemand beginnt zu winken, sie fahren weiter, sie winken dem Wasser zu, den Wellen, in denen sich die Rosen verlieren.

Weiter als bis zur nächsten Schleuse kommt er nicht, sagt der Onkel. Philipp möchte antworten, irgendetwas Beiläufiges, aber es fällt ihm nichts ein. Ich meine, dass dein Cousin es nicht weit schaffen wird, wiederholt der Onkel lauter, das geht doch nicht, er bleibt bestimmt in der ersten Schleuse hängen.

Isabelles Mutter winkt nun mit ausladenden Armbewegungen. Philipp schließt die Augen für einen Moment. Er sieht Lukas, wie er die Bierdose öffnete und den Verschluss abknickte. Zaubern braucht viel Geld, sagte er, die Ausstattung, die Reisen, egal, sagte er und griff in seine Jackentasche. Er legte alle Broschüren auf den Tisch, die er im Laufe des Tages gesammelt hatte. Schau – zum zweiten Mal an diesem Abend lachte Lukas, wie er sonst viel öfter lachte: Gib mir einen Stift.

FÜR DEN FALL DER FÄLLE, schrieb er auf die Broschüre des Bestatters, *für alle Isabelles Seidenhühner, für Philipp schwarzen Mais.* Und jetzt du. Philipp griff nach einer Rechnung, die am Küchentisch lag. Er schrieb: *Ich möchte ein Grab so schön wie das eines Chihuahuas mit dem Namen Sandy.* Der Stift schrieb schlecht, Philipp stand auf, um einen neuen zu holen. Als er zurückkam, hatte sich Lukas wie eine Katze auf dem Teppich zusammengerollt. Alles halb so wild, hätte er noch zu Lukas sagen wollen, aber er war ihm mit seinem Schlaf zuvorgekommen. Er deckte seinen Cousin zu, dann ging er ins Bad.

Am nächsten Morgen war Lukas verschwunden, auf dem Küchentisch lag ein Zettel: *Danke. Kein Wort zu Isabelle.* Die Broschüren hatte er mitgenommen. Und weil es Lukas war, musste er sie in seiner Jackentasche vergessen haben, überlegt Philipp zum tausendsten Mal, während er mit den anderen wieder dem Wasser zuwinkt. So schön, genau, wie er es sich gewünscht hat, hört er jemanden sagen, Philipp erkennt die Stimme nicht. Der Onkel hält sich an der Reling und sieht den Wellen nach. Schade, sagt er, als er sich aufrichtet.

Der Brief von der Zauberschule traf ein paar Tage nach Lukas' Besuch ein. Philipp schaute lange auf den Namen seines Cousins über seiner Adresse. *Kein Wort zu Isabelle.* Philipp rief Lukas an, er hob nicht ab. Meinst du das Zaubern?, wollte er fragen, soll ich davon nichts erzählen?

Oder meine Arbeit? Deinen Besuch? Er nahm sich vor, es am nächsten Tag erneut zu versuchen, und dann war das Fußballspiel, und dann war der erste wirklich warme Tag, an dem er Stunden im Gastgarten sitzen konnte, ein Tag, an dem er das Gefühl hatte, den Blättern beim Wachsen zusehen zu können, viel zu warm für Anfang April, und dann war die Chefin krank, und dann kam das Wochenende und der Montag, die Montage sind immer die schlimmsten, wenn die Kundschaft ungeduldig fragt, weshalb das alles so lange dauert, sie hätten doch vor Tagen schon, und Philipp sagen möchte, gehen Sie doch einfach in den Prater und graben Sie dort Ihr Haustier ein, wenn Ihnen die Erde zu hart ist, versuchen Sie es auf der großen Sandfläche am Kinderspielplatz, graben Sie, so tief Sie können, danach wird es Ihnen besser gehen, und dann war wieder Wochenende, und dann kam der Anruf von Isabelle.

Komm, unten gibt es Essen, sagt der Onkel jetzt, er hält sich die Ohren zu, als sie an den Boxen vorbeigehen. Über sieben Brücken musst du gehen. Wer hat die Musik ausgesucht, möchte Philipp fragen, er ist zu langsam. Schön, dass du gekommen bist, sagt die Tante, wir sehen dich hier viel zu selten. Philipp nickt und schaut auf die Teller. Hattet ihr so viele Seidenhühner? Die Nachbarn haben ausgeholfen, sie essen sie auch nicht gern, ich weiß nicht, weshalb es unbedingt Seidenhühner sein mussten, schwarzes Fleisch, ja, aber das bringt doch niemand hinunter, das Fleisch, die Innereien, alles schwarz, das geht doch nur, wenn man die Augen schließt, und so findest du den Teller nicht, aber was weiß ich schon, was weiß ich, wenigstens ist das Wetter gut, windig, aber kein Regen, es hat viel zu viel geregnet in letzter Zeit, erst so lange nichts, und dann alles auf einmal. Das könnte, beginnt Philipp, und Isabelle tippt auf seine Schulter.

Hier, dein Mais, nicht dass ihn jemand anders isst.

Siebenundzwanzig Menschen im Sommer

Sommer ist die Zeit, in der wir wenig Kleidung tragen, wir setzen dunkle Brillen auf und hüllen uns in Schichten aus Creme. Schnee gibt es nur beim Kuchenbacken, Eis essen wir. Eine sucht Halt bei den Bäumen, und eine wartet, dass die Wellen kommen. Manche fühlen sich den Erdmännchen nahe, andere einer kleinen Eisenbahn. Sommer ist die Zeit, in der unsere Körper zerstochen werden und der Himmel nach und nach verstummt. Tage mit Schokoladeneis und Schattendächern, Freibadstunden, Farbe am Kopf. Eins, zwei, vier, sagst du. Viele, flüstere ich, viele Bäume rauschen hier.

Mittelglück

Meine Nachbarschaft ist ein Spannungsfeld, sagt Selma, während sie mit Erika bei der Kassa zum Freibad ansteht und erzählt, wie es ihr so geht, jetzt, wo sie in der Volkshochschule den Sommerkurs Autogenes Training für Beginnende besucht. Selma kratzt sich an ihrem Bein, sie sagt: Auf der einen Seite Cervicek, auf der anderen Hoffmann. Cervicek lässt ausschließlich bienenfreundliche Pflanzen auf ihren Balkon: Storchschnabel, Lavendel, Duftsteinrich, dazwischen unzählige Salbeiarten. Hoffmann hingegen hält seinen Balkon gern leer. Für die Bienen sei es am besten, die Küchenkräuter blühen zu lassen, sagt Cervicek, und ja, sie wisse, dass das beim Schnittlauch ein gewisses Risiko bedeute, aber sie sei zu der Einsicht gekommen, dass es sich in dieser Angelegenheit wie mit Kuchenteig verhalte. Entgegen gängigen Ratschlägen habe sie beides versucht, den Teig gegessen, den Schnittlauch blühen lassen, sie habe keine Bauchschmerzen bekommen, und der Schnittlauch habe die Blüte ohne Probleme überlebt.

Cervicek spricht gern und viel. Wildbienen, ruft sie, wenn auf ihren Balkon Bewegung kommt, ein Taubenschwänzchen, eine Hummel, schauen Sie. Hoffmann hingegen ist meistens still, er hält sich wenig draußen auf. Umso bemerkenswerter ist es, dass er in derselben Stunde, in der Cervicek ein Insektenhotel an ihrer Hausmauer montierte, einen Insektenvernichter auf seinem Balkon anbrachte. Vielleicht hatte er sich lange auf diesen Tag vorbereitet, vielleicht sind sich die beiden doch ähnlicher, als auf den ersten Blick anzunehmen ist. Beide locken sie Insekten an, nur aus vollkommen unterschiedlichen Interessen.

Und mittendrin in dieser Einflugschneise, in diesem Mittelglück für Insekten, sitze ich.

Duftsteinrich, flüstere ich ihnen zu, wählt Lavendel und Storchschnabel. Manche schlagen so schnelle Kurven, dass ich sie gleich wieder aus dem Blick verliere, andere bewegen sich langsamer fort. Ich bin Insekten durchaus zugeneigt, und ich lasse mich an lauen Sommerabenden gern von ein, zwei Mücken stechen, wenn es der Artenvielfalt dient. Es hängt doch alles zusammen, sagt Cervicek, ohne Insekten keine Vögel und so weiter und so fort. Nur wenn es zu einem dritten Stich kommt, verliere ich regelmäßig die Geduld. Dort drüben, flüstere ich, wenn es juckt, dass ich aus der Haut fahren will, dort, wo es blau leuchtet, dieses verheißungsvolle Licht. Fliegt hin und schaut es euch genauer an.

Die Halböffentlichen

An und für sich war es kein außergewöhnlicher Tag. Es war einer jener Mittwochvormittage, an denen die Bäume so still sind, als hätten sie noch nichts erlebt. Ich blickte hinüber zur Rosskastanie, kein Blatt, das sich rührte, ich schaute zum Spitzahorn, auch dort keine Bewegung drin. Nichts, das auf solch eine Entwicklung hingedeutet hätte. Der Mann kam vom Becken, eine blaue Badehose, und doch sah er nicht aus wie einer, der auf der Liegewiese nur den Platz sucht, den er kurz zuvor verlassen hat, um ins Becken zu springen, nein, dazu bewegte er sich zu zielstrebig auf die Platane zu.

Es ist ein seltener Anblick, dass einer mit solch einer Überzeugung zu den Bäumen geht, ich war mir sicher, absolut sicher, und stand von meinem Strandtuch auf. Wie er auf sie zusteuerte, ohne sich umzudrehen, wie er seine Hand auf ihren fleckigen Stamm legte. Platanen stoßen ab, was sie beengt, und doch bleiben Flecken, wenn große Borkenplatten zu Boden krachen. Ich halte den Borkenwurf für einen tollpatschigen Versuch, die Vergangenheit abzuschütteln, aber das erzählte ich ihm nicht. Nein, ich verlor mich nicht im Detail. Bei Beginnenden geht es um Behutsamkeit, dachte ich und ging los, vollkommen ahnungslos, welche Folgen diese Begegnung haben würde.

Der Mann drückte seine rechte Hand gegen den Stamm, dann, nach zehn Sekunden, vielleicht auch zwanzig, lehnte er seinen Kopf gegen ihn. Es war eine langsame Annäherung, wie sie häufig von Beginnenden ausgeführt wird.

Sie sind ein Baumfreund, sagte ich vorsichtig, als ich bei ihm ankam. Ich hörte ein Stöhnen, wie es oft von Menschen kommt, wenn sie ganz in den Bäumen sind. Er bewegte sich nicht, ich überlegte, ob ich überhaupt weitersprechen sollte, um ihn nicht aus dem Fluss zu bringen, aber ich war zu aufgeregt, um still neben ihm zu stehen.

Ich freute mich. Ja, ich freute mich, einen Gleichgesinnten gefunden zu haben. In all den Jahren ist mir niemand begegnet, der diesem Baum die Aufmerksamkeit geschenkt hätte, die er verdient.

Sie führen diese Tätigkeit nicht zum ersten Mal aus, sagte ich also, allerdings sind Sie relativ neu auf unserem Feld. Wenn ich Ihnen nur einen kleinen Ratschlag geben darf, legen Sie anstatt der Stirn die Wange gegen den Stamm, so spüren Sie mehr. Bitte versuchen Sie es, Sie werden mir lange dankbar sein, Platanen bieten sich zu einer Berührung mit der Wange besonders gut an, selten finden Sie Bäume mit solch einer einladenden Oberflächenstruktur. Nur mit den Blättern gilt es achtsam zu sein, Platanenhusten, aber was erzähle ich Ihnen, niemand geht so weit in die Krone hinein, dass er mit den Sternhaaren in Berührung käme.

Sie wissen das alles bestimmt. Sie kennen das Baumkataster, diesen großen Schatz, der zu jedem Baum

Pflanzjahr, Stammumfang, Kronendurchmesser und Höhe vermerkt, Sie kennen die Schilder aus Metall, die ein jeder Baum trägt, um sich vorzustellen. Pflanzjahr, nicht das tatsächliche Alter, darin kann ein großer Unterschied bestehen, wie Ihnen spätestens bewusst werden dürfte, wenn Sie sich der Platane beim Justizpalast nähern. Unmöglich, dass dieser Baum erst ein paar Jahre zählt, er muss weit älter, ja, er muss mindestens achtzig Jahre anderswo gewachsen sein, ehe er auf einem Tieflader durch die Stadt gekarrt wurde und seinen neuen Standplatz gefunden hat. Bestimmt haben Sie von dieser Geschichte gehört, aber davon wollte ich Ihnen nicht erzählen, was wollte ich sagen? Das Kataster, genau.

Ja, ich war aufgeregt, ich verhaspelte mich beim Erzählen. Ich sprach weiter, von meiner Hoffnung, dass im Kataster eines Tages das tatsächliche Alter der Bäume aufscheinen möge. Ich berichtete von meinen Besuchen beim Magistrat, den Öffnungszeiten und den Menschen dort. Das tatsächliche Alter, ergänzt um die Information, wo der Setzling gezogen wurde, das ist das eine, sagte ich, während ich auf die Schulter des Mannes blickte, der sich keinen Millimeter bewegte. Ein auffällig großes Muttermal, dachte ich, er sollte es anschauen lassen.

Kein Wort kam von ihm, also redete ich weiter. Davon, dass es durchaus einen Unterschied mache, ob der Baum aus der Steiermark komme oder aus Brünn. Davon, dass mir die freundlichen Menschen vom Magistrat in diesem Punkt stets recht gäben, ja, dass durchaus mit einem Entgegenkommen zu rechnen sei, nur in der wichtigsten Sache bewegten sie sich nicht: der Erfassung von Bäumen auf privatem Grund.

Wie oft bin ich dort gewesen, aber nichts. Das Baumkataster sei nur für öffentliche Flächen gedacht, sagten sie wieder und wieder. Und was ist mit halböffentlichen, fragte ich, mit Grundstücken, wo Tausende Menschen Woche für Woche unter Bäumen liegen, von denen sie nicht einmal das Pflanzjahr kennen?

Frau Magister, antwortete die letzte Beamtin, mit der ich zu tun hatte, wir können Ihnen in diesem Punkt bedauernswerterweise nicht entgegenkommen.

Aber die Badegäste suchen doch wegen der Bäume das Freibad auf.

Nein, zum Baden, und das Bad ist außerhalb unseres Zuständigkeitsbereichs.

Zum Baden, wiederholte ich und lachte, dann versuchen Sie einmal ein Bad ohne Schatten zu betreiben.

Nein, hörte ich die Beamtin abermals sagen, ich wünsche Ihnen einen schönen Sommer, Frau Magister.

Vergessen Sie nicht auf die Halböffentlichen, wiederholte ich trotzdem, als ich den Raum verließ, denn irgendwann stößt jedes Argument auf Grund.

Der Mann sprach nicht, er bewegte sich nicht, er lehnte immer noch genau so an der Platane, wie er seine Umarmung begonnen hatte. Ich überlegte, ihm erneut zu raten, den Kopf zu drehen. Ihn anzuweisen, die Arme vollständig auszustrecken, so weit wie möglich um den Stamm zu legen. Ich ließ es sein. Beginnende erschrecken leicht, das weiß ich aus meinen ersten Tagen.

Ich strich kurz über die Rinde, ohne ihm zu nahe zu kommen. Ich sagte: Sie ahnen es vielleicht bereits, ich hege für diese Platane eine Leidenschaft. Stünde sie nicht hier, ginge ich zum Baden woanders hin, aber was soll ich am schönsten See, wenn dort nur Weiden wachsen. Nichts gegen Weiden, sie sind hübsch anzusehen, aber wer einmal den Kopf gegen ihren Stamm gelegt hat, wird wissen, was ich meine. Unmöglich, eine Weide mit einer Platane zu vergleichen, vor allem mit solch einem prachtvollen Exemplar. Und deshalb frage ich mich, wie es sein kann, dass ich von jeder Rosskastanie dort draußen etwas in Erfahrung bringen kann, nur von dieser Platane nicht.

Es ist nicht so, dass ich es nicht wiederholte Male auf anderen Wegen versucht hätte. Zuletzt begann ich bei der Bademeisterin, die mich an die Verwaltung verwies, vor deren Eingang ein Herr in Badehose stand. Ich fragte auch ihn, obwohl ich im Vorhinein schon bezweifelte, dass er in der Verwaltung arbeitete, aber solche Dinge lassen sich stets erst durch ein Gespräch feststellen, nicht? Ich hatte schließlich auch nur ein Handtuch um meinen Badeanzug gewickelt, ein Auftreten, das ich mir ansonsten nicht erlauben würde, aber wenn mich die Bademeisterin an die Verwaltung verweist, bleibt keine Zeit, in andere Kleidung zu schlüpfen. Wie auch immer, der Herr in Badehose stellte sich als nicht zuständig heraus, ebenso der mit Brille, erst der Herr ohne Haar, mit dem ich auch beim letzten Mal gesprochen hatte, ließ mich mein Anliegen zu Ende bringen: Ich bitte Sie erneut um Auskunft, wie alt die Platane auf Ihrem Grund ist.

Er zuckte nur mit den Schultern. Der größte Baum, Ihr stärkster Schattenspender, die Hauptattraktion, das Zentrum Ihres Bades. Er schaute mich an, als hätte er noch nie von Bäumen gehört, und drehte sich zur Frau neben der Kaffeemaschine hin, die gerade einen Kalender umblätterte. Eine unvorteilhafte Aufnahme zweier Katzen kam zum Vorschein, noch unvorteilhafter als die zuvor, zwei dicke Tiere mit erhobenem Schwanz, von hinten fotografiert, wer um alles in der Welt, dachte ich, da hörte ich ihn rufen. Susi, rief er, hast du was zu Bäumen?, und die Frau lachte auf, ein kurzes, bitteres Lachen, bevor sie über das neue Kalenderblatt strich und wieder ihren Platz einnahm.

Leider, sagte der Herr ohne Haar, wir können Ihnen auch dieses Mal keine Auskunft geben. Da platzte mir der Kragen. Ich ballte meine Hände zu Fäusten, ich wollte losschreien, aber ich erinnerte mich, was ich von den Bäumen gelernt habe: Ruhig stehen bleiben, auch wenn es noch so weht, den Wolken zusehen, wie sie vorüberziehen. Mit der Zeit geht jeder Sturm vorbei. Der Herr musterte mich, ich hielt Ausschau nach einem Hinweis auf seinen Namen, ein kleines Schild am Schreibtisch, nichts. Niemand hat solche Schilder auf Tischen stehen, möchten Sie jetzt vielleicht einwenden, und Sie haben recht. Ich blickte mich weiter um. Die Frau mit dem Namen Susi schaltete die Kaffeemaschine ein. Der Herr ohne Haar schaute mich an, ich schaute ihn an. Dann sagte ich mit ruhiger Stimme: Es wird sich jemand über Sie beschweren, und diese Person werde vielleicht nicht ich sein, aber es wird sich jemand an die oberste Stelle wenden. Dieser Verwaltungsapparat ist verwaist, hat keine Ahnung von den Bäumen, die länger hier sind als alle Menschen, die in diesem Büro beschäftigt sind, niemand würde dieses Bad besuchen, wären die Bäume nicht. Es ist Ihre Pflicht, über Ihren Baumbestand informiert zu sein, die Badegäste müssen doch wissen, unter welchem Jahr sie liegen.

Neunzehnzweiundsiebzig, sagte der Herr ohne Haar plötzlich und schaute drein wie einer, dem nichts, wirklich gar nichts an der Welt um ihn herum liegt. Ich ließ ihn wortlos zurück.

Neunzehnhundertzweiundsiebzig, dass ich nicht lache. Selten habe ich solch einen Unfug gehört. Zweihundertfünfzig Zentimeter, zweihundertfünfzig Zentimeter Stammumfang. Es braucht nur ein Maßband, die Fähigkeit zu lesen und die Bereitschaft, diesen Baum mit anderen zu vergleichen, dann lässt sich ableiten, dass diese Platane um die hundert Jahre sein muss. Ein Grünschnabel im Vergleich zur Rosskastanie dort drüben. Und doch – alles in Ordnung?

Ja. Alles in Ordnung, fragte ich an dieser Stelle, als hätte ich bereits geahnt, dass nichts in Ordnung war. Er begann, seine Finger zu bewegen. Er drückte die Fingerspitzen fest in den Stamm. Ich hätte gehen sollen, ihn der Platane überlassen. Aber auch den Bäumen wohlgesinnte Menschen neigen zu solchen Bewegungen.

Hundert Jahre mindestens, setzte ich also fort, ohne auf ihn zu achten, vielleicht auch ein paar Jahre mehr. Wir müssen doch wissen, was die Bäume in unserer Umgebung bezeugen, selbst wenn wir nur unter ihnen stehen. Wissen Sie, an Tagen, an denen ich verzweifle, ist das ein enormer Trost. All das, sage ich mir, all das haben sie erlebt, und sie sind immer noch hier. Ich bin mir sicher, ein verstärktes Baumbewusstsein würde vielen helfen. Aber was erzähle ich Ihnen, Sie wissen darüber bestimmt Bescheid, Sie spüren doch gerade selbst diese Kraft. Hundert Jahre mindestens, ich bin mir sicher.

Und da passierte es. Mit einem Ruck löste der Mann seinen Kopf vom Stamm, viel zu schnell für einen, der bei den Bäumen ist. Weiß war er im Gesicht, dachte ich noch, einen eigenartigen Gesichtsausdruck hat er, da fuhr er sich mit beiden Händen über den Kopf. Was für ein Unsinn, flüsterte er.

Wie bitte, was sagen Sie da?

Was für ein bodenloser Unsinn. Als ob uns die Gleichgültigkeit der Bäume vor irgendetwas bewahren könnte. Blätter bewahren uns vor nichts. Sie kommen, sie verschwinden, und irgendwann bleiben sie für immer aus. Spätestens, wenn die Welt an ihr Ende gelangt. Wenn Sie bitte zurücktreten, ich bin hierhergekommen, weil ich schon als Kind gegen diesen Baum uriniert habe.

Sie können doch nicht, es gibt genügend Anlagen.

Meine Mutter stellte mich jedes Mal hierhin. Möchten Sie etwas gegen meine Mutter sagen? Sie liegt dort drüben am Asphalt. Meine Mutter bräunt sich auch mit siebenundachtzig Jahren noch gern. Ich bin hier, um auszutreten, und ich würde jetzt, wo endlich dieses Schwindelgefühl vorüber ist, das mich in letzter Zeit häufig erfasst, jetzt wäre ich wirklich gern für einen Moment allein.

Er hatte Farbe im Gesicht gewonnen, er sah wieder frischer aus. Ich blickte hinüber zur Bademeisterin, ich winkte ihr mit beiden Armen, sie drehte sich weg. Er hatte eine angenehme Stimme, aber ich wollte trotzdem kein Wort davon hören, was er sagte.

Alles muss man selber machen, fluchte ich still und streckte meinen Rücken durch. Ich sagte: So. Ich sagte: Ich weiß, jeder legt sich einen Vorwand zurecht, um zu beginnen. Kommen Sie, Sie brauchen sich nicht zu schämen, wir versuchen gemeinsam, den Stamm zu umarmen, geschlossene Umarmungen sind die intensivsten, Sie werden sehen, wie Sie innerhalb kürzester Zeit Zuversicht spüren und unglaublich viel Kraft. Wenn Sie bitte Ihre Arme ganz weit strecken, ich weiß, es ist unangenehm auf dem Bauch, das ist der Nachteil von Badehosen, deshalb raten wir Beginnenden zu leichter Kleidung. Nicht alle Bäume sind bewältigbar, aber meistens geht es doch. Nicht erschrecken, ich nehme jetzt Ihre Hand.

Da begann er zu schreien, weit höher, als ich es erwartet hätte.

Ich hatte es nicht kommen sehen. Ich war mir sicher gewesen, er würde meiner Einladung folgen. Aber stattdessen stand er vor mir und schrie, und die Badegäste blickten auf, und in der nächsten Sekunde war die Bademeisterin bei uns.

Harmlos hatte der Tag begonnen, nichts, was auf solch eine Entwicklung hingedeutet hätte. Ich verließ das Bad um elf Uhr einundzwanzig, zwei Stunden früher als sonst. Ich spürte ihre Blicke in meinem Rücken, und ich schwor mir, nie wieder dieses Gelände zu betreten, das war mein Entschluss, ein Entschluss, den ich fasste und niemand sonst. Ich ging. Und der Tag verging, und die erste Woche, und die zweite. Ich fuhr ans Meer, ich hielt es dort nicht lange aus. Ich kam zurück, und ich ließ meine Haare schneiden. Ich kaufte einen neuen Badeanzug, schwarz statt rot. Ich fasste den nächsten Entschluss. Und jetzt sitze ich hier und schaue auf den gefleckten Stamm, kräftig wie immer. Zuversicht, darum geht es doch, etwas finden, was dir Zuversicht gibt. In diesem Punkt werden Sie mir bestimmt beipflichten. Ein leichter Wind weht heute, eine angenehme Brise, die die Blätter rauschen lässt. Die Bademeisterin ist anderweitig beschäftigt. Ich stehe auf, ich lockere meine Arme, meine Finger, meinen Kopf. Gleich gehe ich los. Dieser Baum ist besser als jedes Meer.

Büro für Wellen und Strömungen

Das Meer ist hier. Barbara dreht sich auf den Bauch, sie spürt das Wasser auf den Zehen. Hier, wo alle fünfundzwanzig Minuten jemand einen Knopf drückt und die Wellen einschaltet. Sie legt die Stirn auf den Boden, auf dem Rücken wäre die Aussicht besser, auf dem Rücken könnte sie den Himmel sehen, all die Wolken, die sich langsam ins Zentrum schieben. Durchatmen, hat Magda gesagt, eins, zwei, drei, los.

Barbara winkelt ein Bein an und lässt es gleich wieder fallen. Nein, das kann keine Lösung sein. Niemand hebt im Liegen Kopf und Beine und fühlt sich über einen längeren Zeitraum wohl dabei.

Seehunde nehmen die Bananenstellung ein, wenn sie in vollkommene Entspannung eintreten, sagte Magda gestern. Darin unterscheiden sie sich grundlegend von den Menschen, aber einen Versuch ist es trotzdem wert.

Die Kinder kreischen im Strömungskanal, oder sind sie auf der Rutsche? Egal, Barbara setzt sich auf und streicht über ihren Arm. Es ist kurz vor halb, gleich wird Magda vom Sprungturm herüberkommen, es muss so sein. Langsam wird sie sich der Liegefläche annähern, beiläufig wie immer, als wäre es nur ein Bereich, den sie auf dem Weg zu den Toiletten quert. Barbara weiß, dass es sich anders verhält, dass Magda mit voller Absicht zum

Wellenbecken kommt, auch wenn sie das Gegenteil behauptet. Hier sei ein guter Sonneneinstrahlgrad, meinte sie, als sie sich zum ersten Mal neben sie setzte und das Gespräch eröffnete. Kein Schatten, Fliesen von unten, rundherum nichts als Beton. Mein Name ist Magda, ich kenne dieses Bad, ich war schon an die tausend Male hier.

Schön für Sie, sagte Barbara in der Hoffnung, die Frau im schwarzen Badeanzug würde gleich wieder aufstehen, würde sich nur kurz aufwärmen, bevor sie ins Becken ging. Aber Magda blieb.

Ich meide dieses Becken, es ist für die Bewegungsmüden, sagte sie. Sie erinnern mich an die Seehunde meiner Kindheit, nicht, dass Sie denken, ich hätte eine schlechte Kindheit gehabt, im Gegenteil, es ist ein schöner Gedanke, meine Kindheit leuchtet tief ins Herz hinein, aber ich vertrage die Bewegungslosigkeit nicht. Mein Körper verträgt sie nicht. Und je länger ich mich hier aufhalte, desto stärker wird der Drang, mich ihr hinzugeben. Nein, ich brauche ein Becken, das Sprünge erlaubt.

Schön für Sie, wiederholte Barbara und drehte sich zu Seite. Magda sagte: Verzeihen Sie. Sie sprach von Temperaturrekorden, von Öffnungszeiten, vom Essensangebot und der Parkplatzsuche. Sie sprach so lange, bis Barbara ihr die Hand entgegenstreckte: Ich heiße Barbara, ich ruhe von Freitag bis Sonntag hier.

Magda nickte, während sie ihre Hand schüttelte, ein Nicken, das aussah, als wüsste sie darüber längst Bescheid. Dass sie als Kind nahe der Küste gelebt habe, erzählte sie, diese Querung zwischen Sprungbecken und Toilettenanlage weise eine seltsame Parallele auf, deshalb stoppe sie hier ein jedes Mal, wenn auch nur für einen kurzen Moment. Ein schnelles Durchatmen, ein Innehalten. Manchmal lege sie dabei die Hände an ihre Schläfen und kneife die Augen zusammen, um das Sichtfeld einzuschränken, auf diese Art und Weise gelinge es ihr, das Wellenbecken als Meer zu sehen, und das Meer erleichtere das Denken, wie allseits bekannt sei. Wie auch immer, es sei ihr aufgefallen, dass Barbara seit einigen Wochen von Freitag bis Sonntag hier liege und sich auffallend wenig bewege, was ihr Küstengefühl verstärke, würden doch auch Seehunde ähnlich ruhen. Sie sagte: Auf Sandbänken kommen die Seehunde zu kleinen Gruppen zusammen, für Außenstehende sieht es durchaus freundschaftlich aus, aber Seehunde verlangen nach Abstand, und wird dieser Mindestabstand unterschritten, kommt es zu Konflikten.

Während sie sprach, stützte sich Magda mit einer Hand ab, die andere bewegte sie stetig durch die Luft, als gelte es, jedes einzelne Wort zu betonen: Seehunde reagieren äußerst aggressiv bei körperlicher Berührung durch Artgenossen. Die meisten Menschen hier sind gelassener, wie zu beobachten ist, wenn sich bei Wellengang das Becken füllt.

Schön, dieses Naturgefühl, sagte Magda noch, dann war sie still, und sie schauten gemeinsam aufs Wasser vor ihnen. Sie legte die Hände an ihre Schläfen und kniff die Augen zusammen. So saßen sie eine Weile nebeneinander. Es war ein angenehmes Schweigen, das klarmachte, dass Magda bald wieder neben Barbara sitzen würde. Bis morgen, sagte Barbara deshalb, als Magda aufstand, sich streckte und ihre Zehen noch mal ins Wasser hielt.

Gut, machen wir, antwortete Magda, als hätte Barbara ihr einen Arbeitsauftrag erteilt.

Versuch es doch, sagte Magda gestern und legte ihre Hand auf Barbaras Schulter. Magdas Hand war kalt, wahrscheinlich war sie gerade noch im Sportbecken geschwommen, dort, wo die Bahnen ordentlich voneinander getrennt sind, wo es kein wildes Durcheinander gibt. Versuch es doch, vielleicht funktioniert es auch bei dir. Es ist bestimmt ein guter Beginn. Wer entspannt ist, kommt leichter voran. Los, auf den Bauch. Tief durchatmen, eins, zwei, drei, dreh dich um.

Ich bin keine Seehündin, Magda.

Nein, aber wir alle hier wollen, dass es dir besser geht.

Barbara schaute sich um. Alle, wiederholte sie. Der Beckenbereich war ungewohnt leer, nur ein Kleinkind an der Hand eines anderen Kindes. Nur der ältere Mann, der seine Liege stets im hintersten Eck aufstellt und den Sonnenschirm der städtischen Bestattung aufspannt. Er winkte ihr zu, auch die Kinder begannen zu winken, sie konnte nicht sagen, ob es ihr galt oder ob es sich um ein Missverständnis handelte. Es würde sie auch nicht wundern, wenn Magda sie im Vorhinein dazu angewiesen hatte, denkt sie jetzt. Magda jedenfalls winkte zurück, und Barbara setzte sich wieder auf: Nein, ich möchte das nicht. Aber Kreisverkehre möchtest du, sagte Magda und legte ihr wieder die Hand auf die Schulter. Komm.

Doch Barbara schüttelte nur den Kopf. Sie bereute, Magda davon erzählt zu haben, wie es ihr ging. Dass sie sich wie der betrunkene Mann in Neuseeland fühle, der dreizehn Stunden in einem Kreisverkehr zugebracht hatte, weil er keine Ausfahrt gefunden hatte. Dass sie wusste, dass es nicht am Alkohol, sondern an einem allgemeinen Zustand gelegen haben müsse, weil sie jeden Morgen mit genau diesem Gefühl erwache, es mit ins Badezimmer trage, zur Kaffeemaschine, in den Bus, seit Wochen schon.

Er hätte sich nur entscheiden müssen, eine Ausfahrt wählen und schauen, was passiert, umdrehen geht immer, sagte Magda und begann sofort von den Seehunden zu sprechen, dass es bei eintretender Entspannung bestimmt leichter sei, eine Lösung zu finden. Schnell hatte sie gesprochen, fast euphorisch, als hätte sie eine große Freude daran, dass Barbara ihr endlich davon erzählt hatte, dass sie in einem Kreisverkehr stecke, als würde sie am liebsten laut Bravo rufen, Bravo, ein Kreisverkehr, weil sie doch so lange überlegt hatte, was sie Barbara in diesem Fall raten solle und nun endlich anwenden könne, was sie sich zurechtgelegt hatte.

Magda, hör auf damit, mir tut der Rücken weh. Versuch es doch wenigstens. Nein, ich möchte nicht, schrie Barbara. Magda zog ihre Hand zurück, sie stand auf. Bestimmt legt sie gleich die Hände an die Schläfen und schaut aufs Wasser, dachte Barbara und schloss die Augen. Sie wünschte sich Magda und ihre Hilfe weg, weit weg, zurück auf ihren Sprungturm, ganz oben, wo sie nicht mehr zu sehen sein würde. Als sie die Augen wieder öffnete, war Magda verschwunden. Sie stoppte auch bei ihrer späteren Wellenbeckenquerung nicht.

Wäre sie enttäuscht gewesen, wenn Magda nach ihrem ersten Treffen nicht wiedergekommen wäre? Vielleicht. Und heute? Barbara dreht sich um und schaut nach links. Sie müsste doch längst hier sein. Magdas Becken ist hundertsiebenundzwanzig Schritte weiter drüben, dort, wo oft Absperrbänder im Wind flattern und die Buben wieder und wieder die Stiege hinaufsteigen. Ihre Buben nennt Magda sie, die jungen Männer mit Körpern wie ein V, die sich so spektakulär von ganz oben ins Wasser werfen, dass Barbara nie sagen kann, wie oft sie sich nun überschlagen haben. Magda springt nur noch vom Dreimeterturm, das genüge zum Warmbleiben, ein einfacher Sprung, dann seien Kopf und Herz im Einklang, bevor sie wieder Kommandos ruft.

Ihre Buben, ihre Kinder. Sie kommen nie zum Wellenbad, sie haben höhere Ziele. Das Wellenbad, lachen sie, wenn Magda, erzählt, wo sie gewesen ist. Magda behauptet, mit Sicherheit zu wissen, dass die Wellen über eine Zeitschaltuhr aktiviert werden: Niemand schaltet die Wellen ein, wer hätte denn Zeit dafür, alle sind mehr als ausreichend damit beschäftigt, zu schauen, dass niemand ertrinkt. Barbara nickt dann, aber sie weiß, dass irgendwo auf diesem weitläufigen Gelände ein Büro für Wellen und Strömungen beherbergt sein muss, das sich um solche Dinge kümmert. Dinge, die wesentlich sind und erst auffallen, wenn sie nicht mehr geschehen. Ein Büro, wie ihres, das so tief im Bauch des Betriebsgebäudes versteckt ist, dass es dort kein Mensch je vermutet.

Nein, jetzt nicht. Nein, nicht der Tag, an dem sie zum ersten Mal in den Kreisverkehr eingefahren ist. Barbara schaut wieder aufs Wasser. Sie weiß, wie sich die Menschen darin verhalten werden, wenn die Wellen kommen, Körper an Körper, ihre enttäuschten und dennoch glücklichen Gesichter, wenn das Wasser sich wieder beruhigt und sie durch Wellenreste nach draußen stapfen. Die gelegentlichen Gäste zögern danach manchmal, weil sie sich erst orientieren müssen, drüben das Sportbecken, hier der Strömungskanal, wo ist mein Badetuch, nein, dort ist es nicht. Die Gelegentlichen haben keine fixen Plätze. Sie wissen nichts von Querungen und Wellenzeiten, sie kennen Fatima nicht beim Namen und auch nicht die zwei Alten, die jeden Tag einen Kreis aus Ameisengift um ihre Liegen streuen. Sie weiß genau, wie sich die Menschen im Wasser verhalten werden, nur von Magda weiß sie es nicht.

Werte Badegäste. In Kürze beginnen die Wellen. Wir bitten Sie – Barbara blickt hoch zum Lautsprecher, als sie die Stimme hört, als könnte sie sehen, wer spricht. Sie sieht die Zeiger auf der Uhr daneben. Der Lautsprecher kracht noch eine Weile, nachdem die Durchsage beendet ist. Vielleicht sollte sie hinübergehen zum Sprungturm, und dann? Was, wenn Magda dort stehen bleibt, nicht mit ihr sprechen will? Was, wenn Magda heute überhaupt nicht dort ist? Blinken, hat Magda gestern gesagt, abfahren. Langsam streckt Barbara die Beine aus, zuerst das linke, jetzt das rechte, ihre Handflächen drücken stärker in den Boden. Über die linke Seite dreht sie sich auf den Bauch, den Blick lässt sie zum Sportbecken gerichtet. Ist das Magda, die dort kommt? Sie sieht den Mann von der Liege, wie er jubelt, die Kinder jubeln, packen sie Konfetti aus? Ja, da ist sie. Sobald sie hier ist, wird Barbara Kopf und Beine heben, in die vollkommene Entspannung eintreten. Magda wird lachen. Sie wird sich ebenfalls auf den Bauch rollen. So werden sie nebeneinander liegen bleiben, bis jemand im Büro für Wellen und Strömungen die Durchsage zum Badeschluss macht.

Formen der Kontaktaufnahme

Macht sieben Euro zwanzig. Der Nächste bitte.

Der Kunde trägt eine blaue Badehose mit Erdmännchen darauf, er reagiert nicht.

Der Nächste bitte, wiederholt Fatima. Sie schaut hinüber zum Becken, wo die Bademeisterin pfeift, weil jemand vom Beckenrand ins Wasser gesprungen ist. Im Stillen bis zehn zählen, Zeit geben, Kindern wie Kunden, meistens kommt noch etwas. Fatima schaut zur Liegewiese, die Frau, die den großen Baum umarmt, ist wieder zurück. Sie sieht die, die in der Sonne liegen, und die, die selbst im Schatten den Kopf bedecken. Noch immer nichts.

Menschen, sagte Judith vorhin, als Fatima fragte, wie der Tag bislang verlaufen sei. Mehr sagt Judith meistens nicht, mehr braucht es nicht. Fatima streicht ihre Haare zurück, sie blickt den Mann an, der immer noch schweigend in seiner Erdmännchenbadehose vor der Vitrine steht.

Was hätten Sie denn gern?, fragt sie nun. Der Mann schüttelt den Kopf.

Kann ich Ihnen bei der Auswahl helfen?

Ist das Sandwich mit Thunfisch?, fragt er schließlich.

Nein, leider, wir haben nur Käse und Huhn.

Gut so, der Kunde nickt und löst die Verschränkung seiner Arme. Hauptsache kein Fisch, Hauptsache nichts aus dem Wasser, ich mag kein Wasser, kein Schwimmbecken, keinen Fluss, keinen See und auch kein Meer. Nichts davon möchte ich in meinem Magen haben, nichts davon esse ich.

Zwei Hälften

Ich trinke mit den Händen, und ich tanze mit den Füßen, sagt Ferdinand, schau her, hier bin ich, dort gibt es nichts zu sehen.

Ein Plastikkrokodil treibt im Strömungskanal, Richard sieht ihm nach, er sagt: Heute fließt das Wasser schnell.

Nicht schneller als gestern, jetzt schau endlich her.

Das weiß ich doch, wie solltest du ohne Hände trinken, es ist unmöglich, ein Bier ordentlich ohne Hände zu trinken, und du sprichst jedes Mal davon.

Weil ich froh bin, Hände zu haben, es ist in meinem Alter nicht selbstverständlich.

Die Hände haben die meisten noch, sagt Richard, er setzt sich auf. Manchen fehlt ein Finger oder zwei, und das kommt selten vor, und wenn, dann sind es Tischler, die ihre Finger verlieren, keine Immobilienmakler.

Du hast keine Ahnung, sagt Ferdinand und öffnet noch eine Dose, wie gefährlich mein Leben ist.

Wollten wir nicht zum Freibadcafé?

Nein, jetzt noch nicht, du bist schmutzig am Bauch, wisch dir das weg. Richard schaut auf seinen Bauch und Ferdinand schlägt ihm auf den Kopf.

Ferdinand und Richard sitzen in Badehosen im Freibad, wenn es Wochenende und warm genug ist. Warm genug ist es, wenn das Bier gekühlt werden muss, sagt Ferdinand, das Freibad ist unser Lebensraum. Das sagte er auch, als er am Montag der Blumenhändlerin erklärte, was die Vorteile von einer Wohnung in solch einer Lage seien. Er sagte: Wie die Blumen die Erde brauchen Menschen einen Platz der Erholung, und dieser Platz ist hier näher als anderswo.

Aha, antwortete sie, woraufhin Ferdinand sagte: Aber was rede ich, Sie arbeiten hier, Sie sind bestimmt schon einmal dort gewesen. Welcher Teil ist Ihnen der liebste? Das Wellenbad, der Strömungskanal? Wissen Sie, wie spät es ist, die Kundin sollte längst hier sein, möchten Sie die Wohnung sehen, das dritte Fenster von rechts, sonnig, aber trotzdem nicht heiß, eine kleine Wohnung mit einer eingezogenen Decke, was Sie dort alles verstecken können. Er lachte.

Unbefristet, sagte Ferdinand, nachdem die Blumenhändlerin nicht lachte und immer noch an den Blumen herumzupfte, ohne ein Wort zu sagen. Sie schüttelte den Kopf. Es könnte Ihnen gut gefallen. Eine einmalige Zwischendecke. Die Blumenhändlerin seufzte und blickte auf die Uhr. Dann warf sie die verwelkten Blüten weg.

Ferdinand folgte ihr ins Geschäft hinein, er sagte: Sie können dort verbergen, was immer Sie möchten, was immer Ihr Geheimnis ist. Er zwinkerte. Die Blumenhändlerin wandte sich den Pflanzen im Innenbereich zu. Ferdinand sah, wie gebräunt ihre Haut war, Sonne dachte er, das muss ein Mensch sein, der Sonne mag, er müsste sie nur dazu bringen, sich einmal kurz die Wohnung anzusehen, sie wäre perfekt für sie. Er räusperte sich: Der Zwischenraum, der Stauraum ist so groß, dass Sie darin Leichen verstecken können, ich habe noch nicht hineingesehen, ich möchte nicht wissen, was der Vormieter darin gelagert hat, ich habe vor solchen Dingen Angst, aber Sie wirken wie ein mutiger Mensch. Soll ich Ihnen die Wohnung zeigen? Sie wäre gut gelegen, Sie hätten nicht weit.

Die Blumenhändlerin ordnete den Strauß Hortensien, sie sagte: Entschuldigen Sie, und ging ins Hinterzimmer. Ferdinand beschloss, am nächsten Tag wiederzukommen.

Jetzt schlägt Richard zurück. Ferdinand steht auf, streckt sich, gähnt, legt dabei eine Hand auf den Bauch. Du musst abnehmen, sagt Richard, ich kann das nicht mehr mit ansehen.

Wir sind nicht verheiratet, solange man die Badehose noch sieht, ist es nicht bedenklich.

Meinst du, bist du dir da sicher?

Mein Bauch gehört zu mir wie das Wasser zum Becken, sagt Ferdinand nach einer Weile, er schaut nach links, wo neben dem Krokodil nun ein Mann im Wasser treibt. Es ist wenig los im Strömungskanal, der Mann schwimmt in Rückenlage, was bei höherem Menschenaufkommen unmöglich wäre. Ferdinand streckt sich erneut. Ich bin gleich wieder da, sagt er, und Richard nickt, streicht mit dem Zeigefinger die Umrisse der Tätowierung auf seinem Oberarm nach. Ein Kaninchen, das aus einem Zauberhut schaut, das rechte Ohr ist verstochen. Langsam geht Ferdinand in Richtung Brücke, von der aus er das Becken gut im Blick hat. Dass er beim Stechen den Arm weggezogen hat, davon hat Richard nur Ferdinand erzählt, ansonsten schweigt er, wenn er gefragt wird, weshalb das Ohr so aussieht, aber er wird ohnehin nur noch selten danach gefragt. Interessant, sagten die meisten, als er seinen Hasen präsentierte, oder: Bist du verrückt, dich von einem Betrunkenen tätowieren zu lassen? Ferdinand sagte nur: Du brauchst mehr Menschen um dich, die dich von solchen Ideen abhalten, aber das sagt er ohnehin jedes Mal, wenn Richard an zwei Tagen hintereinander anruft. Hast du jetzt Zeit oder nicht?

Ferdinand hat jedes Mal Zeit. Er lehnt sich gegen das Brückengeländer und schaut wieder aufs Wasser. Der Mann treibt jetzt weiter hinten, gelegentlich bewegt er Arme und Beine. Drüben auf der Liegewiese dreht sich Richard auf den Rücken. Gleich wird er eingeschlafen sein.

Wach auf, sagt Ferdinand, als er wieder zurück ist, im Freibad schläft man nicht. Wenn du schläfst, lässt du die Augen offen, aber nur ein wenig, sodass man das Weiße sieht. Irgendwann werden deine Augen austrocknen. Vertrocknen wie die Blumen der Blumenhändlerin, weil sie so schlecht versorgt wurden. Die Blumenhändlerin gießt, aber nicht sorgfältig. Die Blumenhändlerin hat braune Haare. Die Blumenhändlerin weiß nichts von Wohnungen und Menschen.

Hör auf damit, sagt Richard, ich möchte nichts mehr von dieser Geschichte hören, sei still.

Seit Tagen spricht Ferdinand von nichts anderem. Wie er tags darauf zur Blumenhändlerin kam und der Zettel nicht mehr draußen hing. *Frau sucht Einzimmerwohnung*. Wie er die Tür trotzdem öffnete und sie aus dem Hinterzimmer kam, als sie die Glocke hörte. Wie sie die Augen verdrehte und Ferdinand die Blumen lobte. Rote Rosen, gelbe Rosen und auch welche in orange. Sogar die Anzeige hatte er ihr ausgedruckt. Er legte seine Tasche auf den Verkaufstisch und streckte ihr den Zettel entgegen.

Mit so viel Sonne im Herzen

Brauchen Sie bestimmt keine Kerzen.

Helle südseitige Einzimmerwohnung, 45 Quadratmeter, ab sofort zu vermieten.

Ein Inserat, auf das Ferdinand besonders stolz war, weil ihm nur noch selten etwas Neues einfiel, so selten, dass er an manchen Tagen sogar schon überlegte, die Anzeigen nicht mehr in Reimen zu verfassen. Ferdinand lächelte, während sie auf den Zettel schaute, er war sich sicher, dass die Blumenhändlerin gleich nicken würde, aber sie sagte nur: Sie müssen ein schlechter Makler sein.

In der ersten Sekunde wollte er nach dem Zettel greifen, in der zweiten sagte Ferdinand: Die Wohnung ist doch noch nicht lange auf dem Markt. Und überhaupt – weiter kam er nicht, weil eine Kundin das Geschäft betrat.

Was darf es sein?, fragte die Blumenhändlerin, sie lächelte.

Richard dreht sich auf den Rücken, er richtet sich langsam auf. Ich habe Durst, lass uns endlich was trinken gehen, hier liegen können wir später noch.

Gut, sagt Ferdinand und drückt seine leere Dose zusammen, gehen wir.

Die Handtücher werfen Ferdinand und Richard über ihre Schultern, bevor sie aufbrechen. Ferdinand schlüpft in seine Sandalen, Richard geht barfuß, aber nicht lange, dann schimpft er über die Steine und Splitter am Weg. Auf die Handtücher werden sie sich setzen, wenn sie im Freibadcafé eingetroffen sind, weil die Bierbänke zu hart sind, darin sind sich Ferdinand und Richard einig. Zweimal bitte, sagt Richard, und die Kellnerin bei der Ausschank nickt.

Ferdinand trinkt sein halbes Bier in einem Zug. Wenn du so schnell trinkst, wird dein Bauch noch mehr wachsen, sagt Richard. Ferdinand zieht den Bauch ein, er murmelt etwas. Er sitzt seitlich auf der Bank, sodass er das Freibad gut im Blick hat.

Wo schaust du hin?, fragt Richard.

In die Welt, sagt Ferdinand.

Die Welt ist groß genug.

Wofür?

Für uns, für mich und dich und deinen Bauch.

Ferdinand trinkt noch einen Schluck, er räuspert sich, er fragt: Was ist los mit dir? Warum bist du so schlecht gelaunt? Ich habe heute meinen schlechten Tag, nicht du.

Der Zauberbedarf hat geschlossen, sagt Richard nach einer Weile, steht kurz auf, zieht seine Badehose hoch. Dein Band, sagt Ferdinand und nickt in Richards Richtung. Danke. Es ist plötzlich gekommen, von einem Tag auf den anderen, ich wollte noch die Handguillotine dort kaufen, ich habe den ganzen Monat darauf gespart.

Schade, sagt Ferdinand, er fragt: Was wolltest du kaufen?

Die Handguillotine, das ist ein beliebter Trick. Du suchst dir jemanden, den du bestrafen möchtest. Du bittest ihn auf die Bühne zu kommen und zeigst, wie die Guillotine Karotten und Gurken durchschneidet. Dann bittest du ihn, seine Hand durch das obere Loch zu stecken, in das untere kommt wieder eine Karotte oder Gurke, du kannst auch eine Zucchini verwenden, Stangensellerie, Rettich, wenn er nicht zu dick ist.

Und dann?

Das Gemüse wird in zwei Hälften geteilt, der Arm nicht.

Musst du das lange üben?

Es ist wie mit dem Makeln, antwortet Richard. Entweder du hast es im Blut oder nicht, das hast du doch mal gesagt.

Wenn Richard zaubert, zieht er den schwarzen Umhang über, den ihm seine Mutter genäht hat. Simsalabim, sagt er, und verbeugt sich tief. Ferdinand hat gelernt, an dieser Stelle nicht zu lachen. Er klatscht und ruft: Du bist bereit für Publikum. Nein, antwortet Richard jedes Mal, es sind noch zu wenig Tricks, mir fehlt die nötige Ausrüstung, ich muss bald wieder zum Zauberbedarf.

Die Handguillotine wirst du auch woanders bekommen, sagt Ferdinand, während Richard den Kopf auf seine Hände stützt.

Wo denn? Du kennst doch nur leer stehende Wohnungen, keine Zaubergeschäfte.

Ferdinand setzt sich aufrecht hin, er schaut Richard an. Ich weiß, was wir tun, sagt er, ich weiß es jetzt.

Hör gut zu. Ein Bier trinken wir noch.

Und dann?

Dann werden wir in deine Wohnung fahren. Du wirst dich schwarz anziehen, du wirst deinen Zauberhut aufsetzen, der sieht nobel aus, von mir aus kannst du auch den Zauberstab einstecken, solange man ihn nicht sieht. Danach werden wir in meine Wohnung fahren. Ich werde kurz duschen, mein schönes Hemd anziehen, die Haare kämmen. Wenn das alles erledigt ist, nehmen wir die Straßenbahn und fahren in die Löwengasse. Wir werden uns in den Gastgarten setzen, und warten, bis sie vorbeikommt, die Blumen müssen bei diesen Temperaturen auch am Wochenende versorgt werden. Wir trinken Champagner, und wenn sie keinen haben, bestellen wir Sekt. Wir halten unsere Gläser hoch, sobald die Blumenhändlerin am Gastgarten vorbeigeht, wir lachen und stoßen laut auf die erfolgreiche Wohnungsvermittlung an, du mit deinem noblen Hut und ich im schönen Hemd. Ja, so machen wir das.

Ferdinand nickt. Er trinkt einen Schluck und sieht Richard an.

Ich weiß nicht, sagt Richard schließlich.

Warum?, fragt Ferdinand, das ist doch ein guter Plan.

Was ist mit der Handguillotine?

Die kaufen wir nachher.

Nach was?

Ferdinand schüttelt den Kopf. Er zündet sich eine Zigarette an und blickt einem Mann nach, der auf Inlineskates zu den Garderoben fährt, gleich wird die Bademeisterin pfeifen. Der wird Probleme bekommen, sagt Ferdinand und schreibt etwas auf einen Bierdeckel. Ein guter Plan, wiederholt er laut und nickt Richard zu. Schau, das nächste Inserat ist fertig:

Diese Wohnung steht bestimmt keine Sekunde leer
Es stellt sich nur die Frage:
Wer wird einziehen, wer?

In der kleinen Eisenbahn

Wer die Fahrkarten kontrolliert, sitzt im letzten Waggon, das war das Erste, was Ilona zu mir sagte. Kein Hallo, kein Ich-freue-mich-dass-du-bei-uns-beginnst, nein, sie hängte einfach nur die Kette aus und wies mich an, Platz zu nehmen.

Du bist schon einmal mitgefahren?

Ich sagte Ja. Ich sagte nicht, dass ich erst seit Kurzem in der Stadt war, dass mir Parkeisenbahnen bis zu diesem Tag vollkommen egal gewesen waren, nicht einmal als Kind hätte ich mich dafür interessiert, hätte es in meiner Nähe eine gegeben. Ich verschwieg, dass mich das Sitzen in verkleinerten Zügen absolut kalt ließ, dass ich nur hier war, weil ich eine Arbeit gesucht hatte, bei der ich, ja, bei der ich was eigentlich suchte?

All das sagte ich nicht, und es tut auch nichts zur Sache. Hier soll es nicht um mich gehen. Das ist die Geschichte von Wandrak, die nicht ohne Ilona auskommt, und der einzigen Anweisung, die sie mir mitgab, als sie mir ihren Platz überließ. Keine betriebsfremden Personen in diesem Waggon. Ich schaute auf die Sitzbänke aus Holz, es war klar, wo Ilona saß.

Sie nahm mir gegenüber auf ihrem gepunkteten Sitzkissen Platz, sie richtete sich ein, ordnete ihre Haare, die sie mit viel Haarspray fixiert hatte. Ich würde es nicht als Angst bezeichnen, aber Ilona hatte etwas an sich, das mich nervös machte. Wie sie die Klammer in ihre Haare steckte. Wie sie sagte: Mach du, als wir in die erste Station einfuhren und mich mit einer Handbewegung von meinem Platz fortscheuchte, kontrollier die Fahrkarten. Wie sie danach schwieg. Bei keiner der folgenden Stationen stieg Ilona aus, sie blieb sitzen, wie sie war. Sie blieb still.

Ich kann nicht mehr sagen, wie viele Runden wir an diesem Tag fuhren, sie auf der Bank in Fahrtrichtung, ich ihr gegenüber. Mehrmals versuchte ich, ein Gespräch zu beginnen, aber jeder Gesprächsstoff prallte von ihr ab. Sie schaute nur auf Wiesen und Bäume, auf die Achterbahnen, an denen wir am hinteren Ende der Strecke vorbeifuhren. Irgendwie auch Züge, ich erinnere mich, das tatsächlich gesagt zu haben, als wir an der ersten Bahn vorbeikamen. Die Schienen, fügte ich schnell hinzu, als ich ihren Gesichtsausdruck sah, die Wagen fahren doch auch auf Schienen.

Ilona antwortete selbst auf diesen Unsinn nicht, sie schüttelte nur kurz den Kopf, ehe sie einem Menschen nachblickte, der still in den Abgrund raste. Sie sprach nicht über die medizinischen Aspekte einer Achterbahnfahrt, von der Möglichkeit, kostengünstig Nierensteine zu verlieren, kein Wort zur höheren Abgangsrate im letzten Wagen, den Forschungsergebnissen dazu, ein Thema, das sie zu dieser Zeit sehr beschäftigte, wie mir die Kolleginnen später erzählten.

Nein, sie schwieg. Es war Ende März, ein warmer März, die Forsythien beinahe verblüht, die Weiden trugen zarte Blätter. Bald würden die Holunderbüsche folgen. Über die Jahre wurde mir klar, es sind immer die Weiden, die beginnen, und es waren die Stunden, in denen Ilona Abschied nahm von den stets gleichen Runden auf einer fünfzehn Zoll Schmalspurbahn.

Ilona tauchte hier nie wieder auf. Es hätte keine Rolle gespielt, ob ich ihre Anweisung befolgte oder nicht, solange der Betriebsablauf nicht gestört wurde. Aber ich hielt mich daran: keine betriebsfremden Personen in diesem Waggon. Nach Ilona saß hier niemand mehr. Und vielleicht wäre es ewig so weitergegangen. Aber dann kam Wandrak und brachte alles durcheinander. Sein Taschentuch hängt immer noch dort, wo es der Wind hingetragen hat. Vielleicht ahnte Ilona, was passieren würde, vielleicht hatte sie eine ähnliche Fahrgastbegegnung. Ich weiß es nicht. Ich hätte mich an ihre Anweisung halten sollen, dann könnte ich jetzt an diesem Baum vorbeifahren, als ob nichts gewesen wäre. Nicht immer wieder an diese Geschichte denken, nicht immer wieder schauen, ob er vielleicht am Bahnsteig steht. Vierzehn Wochen ist es her, dass er hier gewesen ist. Einmal meinte ich, ihn an der Station winken zu sehen, aber es war nur der Kollege von der Kassa, der eine Stofftasche ausschüttelte. Vierzehn Wochen.

Wir hatten den Betrieb gerade erst wieder aufgenommen. Es war Frühling, eines der ersten wirklich warmen Wochenenden, wo die Menschen fröhlich ohne Jacken aus ihren Häusern kommen und dann doch bereuen, keine mitgebracht zu haben, weil es durch den Fahrtwind kühler ist. Das wiederholt sich Jahr für Jahr. Der Fahrtwind der Parkeisenbahn wird häufig unterschätzt, wie überhaupt vieles an ihr unterschätzt wird. Ich sage es immer wieder: Das ist eine Eisenbahn, und eine Eisenbahn, die mit bis zu zwanzig Stundenkilometern auf dreihunderteinundachtzig Millimetern Spurweite durch ein weitläufiges Parkgelände fährt, ist zwar ein Vergnügen, aber auch eine brisante Angelegenheit. Setzen Sie sich bitte hin, strecken Sie nichts hinaus. Die Menschen lachen dann, als ob eine Parkeisenbahn keine richtige Eisenbahn wäre, als ob unsere Dampflokomotiven nicht einer normalspurigen Pacific-Schnellzuglokomotive ähnelten, ja, als ob der Maßstab eins zu drei Komma dreiunddreißig sämtliche Regeln des Bahnverkehrs aufheben könnte.

Wie auch immer, Wandrak sah aus wie einer, der gut vorbereitet war: eine windfeste Jacke mit Reißverschluss und Kapuze, falls die Kälte in den Nacken kriecht, eine Kappe zum Schutz vor Sonnenstrahlen. So stand er da, zwischen all den Familien und aufgeregten Kindern, den Eltern, die versuchten, zwei Kinderwägen ins Abteil zu quetschen, bis sie sich doch dazu entschlossen, zumindest einen an der Station stehen zu lassen. Wandrak wartete ruhig, er drängelte nicht. Er lächelte, als befände er sich nicht in der angespannten Situation, möglicherweise in keinem der Waggons einen Platz zu finden. Die Hände hinter dem Rücken verschränkt, ging er langsam den Bahnsteig auf und ab. Ich hätte sagen sollen: Bitte zurücktreten, in fünfzehn Minuten kommt der nächste Zug, er ist bestimmt weniger voll. Ich hätte pfeifen sollen, das Abfahrtssignal geben, nicht auf ihn achten. Aber als ich ihn so sah, wie er die Wagen abschritt, den Fahrgästen unaufdringlich freundlich zunickte, beschloss ich, mich zum ersten Mal in sieben Jahren Ilonas Regel zu widersetzen. Ja, ich hatte Mitleid mit ihm, wie er zwischen all den Familien stand, als ob ihn jemand verloren hätte. Ich war mir sicher, er war keiner der Männer im mittleren hohen Alter, die ihre Sätze mit Wussten Sie begannen und meinten, mir etwas von Spurweite und Loktypen erzählen zu können. Schmalspurbahner mit Hang zu Garteneisenbahnen, die Gleichgesinnte suchten, Männer, deren Herzen für die kleinen Eisenbahnen schlugen, die sich über die Martens'sche Einheitsliliputlok unterhalten wollten, das jeweilige Fahrverhalten unserer Diesellokomotiven oder die Restaurierung des Mantelbudenläutewerks.

Bis heute verstehe ich den Drang erwachsener Männer nicht, sich in möglichst kleine Züge zu setzen. Aber es gibt sie, und wir sind freundlich zu ihnen, weil sie treue Fahrgäste sind und solche Neigungen teils über Generationen weitergegeben werden. Wie auch immer, Wandrak war keiner von ihnen, das war mir sofort klar. Er wirkte eher wie einer, dem es widerstrebt, seine gewohnte Routine zu durchbrechen, die darin bestand, zwischen Kastanien und Platanen zu flanieren. Ja, Wandrak sah aus wie ein Flaneur, der aus triftigem Grund die Entscheidung getroffen hatte, sich einer kleinen Eisenbahn mit rosa Diesellokomotive anzunähern.

Kommen Sie, sagte ich also, als er beim hintersten Waggon ankam, und er bedankte sich aufrichtig. Er nahm seine Kappe ab, als er einstieg, er legte sie sorgfältig neben sich auf die Bank. Ich pfiff, ich winkte, die Lokomotive pfiff zurück, ich sprang in den anfahrenden Waggon, auch das etwas, was niemandem sonst erlaubt ist. Wandrak saß auf meinem Platz, also setzte ich mich ihm gegenüber hin. Wir nickten uns zu. Unter seinem Schnurrbart lächelte er. Wandrak, sagte er und deutete eine Verbeugung an, danach blickten wir beide auf den Wald, der an uns vorüberzog.

Dieser Streckenabschnitt ist mir der liebste, wenn das Licht durch die Bäume fällt, besonders in den Abendstunden, das Licht und dazu das Rattern der Räder, wo die Schienen längst erneuert werden sollten. Dann und wann ein umgefallener Baumstamm im Dickicht, ab und zu ein Eichhörnchen. Gleich würde die Stelle kommen, an der Bärlauch wächst. Ich schloss die Augen und atmete durch die Nase ein, es roch nach Knoblauch. Ich bin das nicht, hörte ich jemanden sagen, ich blickte zu Wandrak hinüber. Er sah mich an und nickte mir wieder freundlich zu, sichtlich im Genuss des Streckenabschnitts. Es hätte mich nicht gewundert, wäre der Satz von ihm gekommen.

An der nächsten Haltestelle stieg niemand aus und in weiterer Folge auch niemand ein, wir hielten uns nicht lange auf. An publikumsstarken Tagen ist diese Station wie Lottospielen, entweder Sie haben Glück, aber meistens nicht. Wir fuhren den zweiten Abschnitt durch den Wald, schneller, die Fahrgäste ohne Jacken froren spätestens hier. Wir kamen an den Tennisplätzen vorbei, am Fußballfeld, wir waren nur noch zwei, drei Minuten von der Kreuzung entfernt, wo unsere kleine Eisenbahn an den meisten Menschen vorüberfährt.

Und genau da begann Wandrak zu sprechen. Mit dem ersten Satz fiel mir auf, was mich bereits irritiert hatte, als er seinen Namen genannt hatte. Seine Stimme war anders als erwartet, tiefer und leiser. Es gibt sie, diese Stimmen, die nicht passen, genauso wie Menschen, die mit falschen Namen durch das Leben gehen, die man ständig anders nennen möchte, weil sie mehr Daniel sind als Jonas oder Jonathan. Wie auch immer, Wandrak sprach.

Die Mami haben wir aufgeteilt, sagte er. Er saß mit Blick zum Weg, der an den Gleisen entlangführt, ich musste mich etwas nach vorne lehnen, um ihn zu verstehen.

Die eine Hälfte die Schwester, sagte er, die andere ich, das hat sie sich so gewünscht. Endlich gleichzeitig bei uns beiden zu sein, selbst wenn eine Bundesgrenze zwischen unseren Betten liegt. Wir haben das Siegel aufgebrochen und einen Teil der Asche in die gelbe Plastikdose gekippt, in der sie den Kaffee aufbewahrt hat, den sie bis zum Schluss fünfmal täglich trank. Üblicherweise liegt mir an solchen Dingen nichts, aber es hat mich dann doch berührt, zu sehen, wie die Mutter staubt. Sie wissen bestimmt: Wir alle kommen aus einem Menschen, und meistens nennen wir ihn Mami oder Mama. Die Mami haben wir aufgeteilt, den Vater vermute ich hier. Und es ist gut, dass er sich hier befindet, wo er niemals Ruhe haben wird.

Er öffnete den Reißverschluss seiner Jackentasche und fuhr mit der linken Hand hinein, als ob er sich wärmen wollte. Ich richtete mich auf, weil wir uns kurz vor der Station befanden. Wandrak schwieg, als ich den Waggon verließ. Er schwieg, als wir losfuhren und ich ihm gegenüber wieder Platz nahm. Sein Gesichtsausdruck hatte sich verfinstert, von dem freundlichen Lächeln vorhin im Wald war nichts mehr geblieben. Vielleicht war es ein Fehler gewesen, ihn hier sitzen zu lassen, dachte ich das in diesem Moment?

Ich weiß es nicht. Ich erinnere mich nur an das Gefühl, am falschen Platz zu sein, weil ich ansonsten dort saß, wo Wandrak jetzt war, und ich nicht gerne entgegen der Fahrtrichtung fahre. An das Gefühl, die Kontrolle zu verlieren. Für einen kurzen Moment schloss ich die Augen, und als ich sie wieder öffnete, sah ich, wie Wandrak ein weißes Stofftaschentuch aus seiner Jackentasche zog, wo gerade noch seine Hand gesteckt hatte. Er legte das Taschentuch auf den Schoß, sein Brustkorb hob und senkte sich, er atmete tiefer als zuvor. Alles in Ordnung?, wollte ich fragen, aber da stand er schon auf und setzte sich neben mich, gleich würde der Spielplatz kommen. Er griff nach seiner Kappe, die noch auf der gegenüberliegenden Bank war, er setzte sie auf. Er sagte: Sie werden mich für einen nachtragenden Zeitgenossen halten, meinetwegen, vielleicht ist es so. Aber irgendwie muss man gutmachen, was die Vorfahren angerichtet haben.

Wir fuhren jetzt mit Höchstgeschwindigkeit. Wandrak schrie, um gegen den Fahrtwind anzukommen. Er schrie: Glauben Sie an Wiedergeburt? Ich schüttelte den Kopf und dachte an Ilona. Keine betriebsfremden Personen in diesem Waggon. Wandrak strich das Taschentuch glatt, eine Ecke war umgeklappt, er richtete sie gerade. Er schrie: Ich habe ihn lange Zeit im Ponykarussell vermutet, dieses eine Pony mit dem Namen Waltraud, das stets die Ohren angelegt hat und dessen Rücken so durchgeritten ist, dass er fast bis zum Bauch durchhängt, ein geschecktes Pony, das nicht und nicht sterben will und jetzt pensioniert und schlecht gelaunt auf der Koppel neben dem Ponykarussell steht, wo die Kinder immer noch über den Zaun gehalten werden und ihre Hände nach ihm ausstrecken. Mehrmals pro Jahr bin ich wegen diesem Pony angereist, in die Stadt, in der meine Kindheit geschehen ist. Waltraud hasst Kinder, das habe ich ihr gleich angesehen. Zig Kindern habe ich deshalb Runden auf Waltraud bezahlt, aber irgendwann sind mir Zweifel gekommen, ja, nach all den Jahren konnte ich plötzlich nicht mehr sagen, wie ich auf die Idee gekommen war, dass mein Vater ausgerechnet in diesem Pony steckt. Es könnte sein, dass es so ist, es könnte sich aber genauso gut anders verhalten. Wenn es so ist, tut es mir leid für Waltraud und all die Runden, die sie gehen musste, all die Kinder, die ihre Füße gegen ihren Bauch schlugen.

Wandrak räusperte sich. Als ich damals so nachdachte, sagte er, kam mir der Gedanke, dass ich in meinem Drang, meinem Vater in seiner Wiedergeburt wehzutun, im Begriff war, genauso zu werden wie er. Ich kaufte einen Sack Karotten und kippte einen Teil davon über den Zaun der Koppel, den Rest versuchte ich, in die hintere Ecke zu werfen, dorthin, wo sich Waltraud meistens zurückzog. Ich traf sie ein-, zweimal, sie peitschte mit ihrem Schweif, als wollte sie einen Schwarm Mücken vertreiben. Die Karotten ließ sie liegen, aber ich war mir sicher, sobald ich ihr den Rücken zudrehte, würde sie zu fressen beginnen. Auch mein Vater hätte sich diese Blöße nicht gegeben.

Wandrak faltete nun sorgfältig das Taschentuch auf seinem Schoß. Sie werden mich für einen nachtragenden Zeitgenossen halten, meinetwegen, aber ich stellte mich der Auswahlmöglichkeit, zu handeln wie mein Vater oder nicht. Also bin ich heute wieder hier, mit dem letzten Stück, das mir von ihm geblieben ist, ein weißes Stofftaschentuch mit unseren Anfangsbuchstaben in Rot. Unseren, weil ich seinen Namen trage, wie er den Namen seines Vaters trug. Die Buchstaben, mit denen er begonnen hat, ich setze sie anders fort. Sehen Sie. *W* für Winke und *A* für Allen. Mein Vater hat uns Kinder verachtet, und er hat das Winken verachtet, er sagte, es sei nur für Idioten, die nichts anderes mit ihren Händen anzufangen wüssten, eine vollkommen sinnlose Tätigkeit. Ich muss sagen, dass auch mich das Winken anfangs einiges an Überwindung kostete, stets hatte ich diese Sätze im Hinterkopf. Und seien wir ehrlich: Welche erwachsenen Menschen winken Unbekannten zu, ausgenommen Menschen in Booten, Ausflugszügen und Kutschen? Wenige. Ich kann Ihnen sagen, es ist schade, dass es sich so verhält. Was für eine Befreiung es war, das Taschentuch durch die Luft zu schwenken und Kinder, ja auch erwachsene Menschen lächeln zu sehen, ihnen eine Freude zu machen. Hier, bitte, versuchen Sie.

Er hielt mir sein Stofftaschentuch hin. Es sah sauber aus, aber es erinnerte mich trotzdem an das Taschentuch meines Großvaters, mit dem er mir die Nase geputzt hatte, dieser Geruch von Aftershave und Flecken, die viel zu selten ausgewaschen wurden. Auf diesem Stück Stoff waren wir zusammengekommen, der Großvater und ich, und ich überlegte, Wandrak zu fragen, ob auch er ähnliche Erfahrungen gemacht hatte, aber ich wollte das Gespräch nicht erneut auf Familienangelegenheiten bringen. Also griff ich nach seinem Taschentuch und ließ es in der Luft flattern, kurz, eine Sekunde, vielleicht zwei, da riss es mir Wandrak schon aus der Hand und schwenkte es, gleich einem Friedensangebot, besonders, wenn wir an Kindern vorbeikamen.

Sein Gesicht hellte auf. Vereinzelt winkten Leute zurück. Manche zögerten, als ob sie sich nicht sicher seien, wie dieser mittelalte Mann einzuschätzen sei, der mit einem weißen Stofftaschentuch in einer Parkeisenbahn saß. Wandrak lächelte, er sagte: Tatsächlich. Meine Vermutung war richtig, dass mehr Menschen mein Winken erwidern, wenn es aus diesem Fahrzeug kommt. Sehen Sie, dort hebt noch jemand die Hand.

Vielleicht dachten manche, er würde zu unserem Betrieb gehören, weil er im Dienstabteil saß, eine neue Attraktion zu Saisonbeginn, der winkende Mann. Mir fiel die Chefin ein, ich überlegte, was sie davon halten würde, dass Wandrak auf diese Art und Weise seine Vergangenheit aufarbeitet, ich sah sein Strahlen, und ich hörte ihr Seufzen, ob Ilona mir denn nicht gesagt habe, würde sie fragen, wie jedes Mal in den Anfangstagen, wenn etwas nicht nach Plan verlaufen war, Ilona hat dir doch alles gezeigt, hatte sie gesagt und sich in ihrem Sessel hinter der Kassa gedreht, du weißt doch, wie es geht. Die Lokomotive pfiff. Ich beschloss, Wandrak darauf hinzuweisen, dass er vor dem Hauptbahnhof zu weniger auffälligen Winkbewegungen übergehen müsse, Winkbewegungen, die nur mit der Hand ausgeführt werden.

Und genau in diesem Moment flog das Taschentuch weg. Ich weiß nicht, ob er es absichtlich fliegen ließ oder ob es einfach geschah. Er blickte ihm still hinterher, wie es sich im Baum verfing. Dann legte er die Hände auf den Schoß und nickte mir erneut zu. Entschuldigen Sie bitte, sagte er nach einer Weile, solche Gespräche sind nichts für eine kleine Eisenbahn. Das hier ist ein Ort, an dem man sich vergnügt. Danke, sagte er, als wir wenig später in den Hauptbahnhof einfuhren. Er öffnete die Kette noch während der Fahrt, aber er erhob sich erst, als der Zug zum Halten kam. Er stieg aus, und hätte er einen Hut gehabt, hätte er ihn an dieser Stelle gezogen, ich bin mir sicher. Aber Wandrak hielt nur seine Kappe fest und deutete eine Verbeugung an. Ich nickte ihm zu.

Haben Sie das jetzt alles geglaubt?, fragte er mich, bevor er sich zum Gehen umdrehte. Ja, antwortete ich. Gut so, sagte er und flanierte in Richtung Ponykarussell davon.

Möglichkeiten der Zeitgestaltung

Davon, genau davon hatte seine Mutter gesprochen und ihn gewarnt. Ein Mann steht in einem Waldstück. Anderswo würde das hier als Ansammlung von Bäumen bezeichnet, aber der Mann befindet sich in der Stadt, und in der Stadt braucht es weniger Bäume für einen Wald. Hoch mit dir, flüstert er, ich bin mir sicher, er greift nach dem Schneckenhaus. In der Nacht zuvor ist Regen gefallen. Behutsam setzt er die Schnecke am Wegrand ab, fünf Meter später kniet er erneut nieder. Er schaut auf die Uhr, er seufzt, er verflucht die Natur, er verflucht sich, weil er schon wieder hier kniet, wo er doch vor Wochen den Entschluss gefasst hat: Nach Regen nur noch Asphalt. Der Mann weiß, dass er für die Durchquerung dieses Streifens Natur nun fünfunddreißig Minuten benötigen, dass er zu spät im Freibad eintreffen wird, aber es wäre nicht auszuhalten, was ein unachtsamer Tritt mit Schneckenhäusern macht.

Salon Schädel

Macht nichts, sage ich, als Elfriede mit dem Pinsel einen dunklen Strich auf meiner Stirn hinterlässt. Einen Moment, bitte – Elfriede dreht sich um und greift nach der Küchenrolle –, ich bin zu sehr ins Erzählen gekommen.

Ich schließe die Augen, als sie über meine Stirn wischt. Wo waren wir stehen geblieben? Genau, sagt sie und streicht wieder mit dem Pinsel über meinen Kopf. Wir waren mit dem Auto unterwegs und sind gleich wieder weitergefahren, der Kaiser, schön und gut, aber ich bin froh, dass es ihn nicht mehr gibt. Stellen Sie sich vor, was alles in Privatbesitz wäre, wo würde ich denn heute Abend spazieren, nein, der Kaiser und die Kaiservilla und alles, was dazu gehört, lassen mich vollkommen kalt. Wir sind also gleich wieder weitergefahren, und dann diese Ruhe inmitten Hunderter, ja vielleicht Tausender Menschen, die Berge, der See, großartig, wie oft bin ich dort gewesen, und jedes Mal bin ich wieder entzückt, das Beinhaus, Mensch an Mensch, Knochen an Knochen, der Höhepunkt jedes Sommers, was für eine Schädelsammlung, ein jeder einzelne bemalt. Welch eine Kunst, sagt Elfriede nach einer kurzen Pause und fährt vorsichtig in den Tiegel, ehe sie wieder Farbe auf meinen Kopf aufträgt.

Ich nicke, ich korrigiere Elfriede nicht, dass sie vom Höhepunkt ihres Sommers und nicht ihres Ausflugs gesprochen hat. Elfriede räuspert sich, es fühlt sich an, als hätte sie die Strichrichtung verändert. Kunstvoll verzierte Schädel, sagt sie und verharrt mit dem Pinsel ungewöhnlich lange an meiner Schläfe, Efeu, Rosen, ja sogar Oleanderblätter, es ist richtig schön gewesen.

Ich schaue in den Spiegel, ich höre die Kinderschreie aus dem Strömungskanal, vielleicht kommen sie auch aus dem Wellenbecken. Elfriede lächelt, sie trägt heute das Oberteil mit einem pinken Totenkopf darauf, wie meistens, wenn ich bei ihr bin. Der Totenkopf hat eine Krone auf, er funkelt. Und zum ersten Mal kommt mir der Gedanke, dass sich der Salonname Schädel nicht auf Elfriedes Nachnamen bezieht. Ich frage sie nicht danach, es wäre unhöflich, sie zu unterbrechen, wenn sie von ihrem Ausflug erzählt.

Das Beinhaus, wiederholt Elfriede und zieht mit dem Pinsel einen Kranz um meinen Kopf. Ich nicke. Ich habe angenommen, dass Elfriede aus anderen Gründen Frisörin wurde, aber es ist gut so, wie es ist.

Zweiundzwanzig Menschen im Herbst

Herbst ist die Zeit, in der die Sonne tiefer steht. Tage, an denen Nebel aufzieht und die Sicht beschränkt. Es ist die Zeit, in der es nach Äpfeln riecht und manche verstärkt zu Wehmut neigen. Wir sammeln Kastanien. Wir sammeln Blätter. Im Altersheim werden Igelfiguren aufgestellt und Orangetöne bei der Dekoration bevorzugt. Die Müllabfuhr zieht ihre Runden, der Bus fährt aus der Stadt hinaus, einer sitzt, und eine kniet. Die Tauben bleiben. Farblich passen rote Kater am besten in den Herbst, aber auch Tigerkatzen sind hübsch anzusehen. Die Blumen des Herbsts sind die Astern, sie leuchten umso kräftiger, je grauer der Himmel wird. Der Himmel wird nur an der Unterseite grau, denn die Sonne ist immer noch da. Wir können die Sonne nicht ausschalten, nein, so sehr wir es versuchen, es gelingt uns nicht.

Im 86. Jahr

Mit einem Polizeiabsperrband hätte er nicht gerechnet. Milan steht vor der Tür, er greift nach dem Henkel der Stofftasche, die über seiner rechten Schulter hängt. Er blickt sich um. Niemand ist zu sehen, alles wirkt ruhig. An der Pinnwand beim Aufzug die Einladung zur Turngruppe, die Ankündigung zur Wahl des Nationalrats, die Einladung zum Gottesdienst. Die sonnengelbe Wand mit weißem Rand. Er schaut wieder hin, als könnte dieses kurze Abschweifen etwas an dem geändert haben, was er soeben gesehen hat.

Ja, das Absperrband ist tatsächlich da. Ist ihm auf dem Weg hierher etwas entgangen? Er fährt mit der Zunge in die Zahnlücke ganz hinten im Mund. Ja, er war in Gedanken, aber nicht so sehr, dass er ein Polizeiauto vor der Eingangstür übersehen hätte. Es kann nicht sein. Oder doch? Manchmal lebst du in deiner eigenen Welt, das hat Miriam an manchen Tagen zu ihm gesagt, ein Haus könnte einstürzen und du würdest vorbeigehen, als wäre nichts geschehen.

Nein, die Polizei wäre ihm bestimmt aufgefallen. Milan sieht sich, wie er vor dreizehn Minuten von der Hauptstraße abbiegt, vielleicht waren es auch nur elf. Verkehrsberuhigtes Ortsgebiet, maximal dreißig Kilometer pro Stunde. Dort, die Parklücke ist frei. Er setzt den Blinker und bremst ab, er lenkt.

Seinen Hauptmahlzahn hat er verloren, hört er sich denken, während er das Auto abstellt. Das wird er auf die Frage antworten, was sich seit seinem letzten Besuch getan hat. Gruber stellt sie jedes Mal, wenn er sie besuchen kommt in der Seniorenresidenz Sonnennähe. Sie sitzt dabei aufrecht in ihrem Ohrensessel, den sie mit hierhergebracht hat, ein roter Sessel, an den Armlehnen mit dunklerem Stoff verstärkt. In ihrer Wohnung hatte er ebenfalls am Fenster gestanden, sodass sie im Sitzen gut auf die Straße blicken konnte. Sie sah sie alle, ihre Schülerinnen und Schüler, wie sie schlenderten, obwohl sie schon vor zwei Minuten an ihrer Haustür geklingelt haben sollten, wie sie aus elterlichen Autos sprangen, die schnell wieder weiterfuhren, weil sie im Halteverbot standen, sie sah sie händchenhaltend mit ihren ersten Lieben. Kein einziges Mal hatte sie in diesem Sessel gesessen, während Milan bei ihr gewesen war, aber er war sich all die Jahre sicher gewesen, dass sie von dort aus alles beobachtete. Sobald er mit seinem Notenheft ihre Wohnung betreten hatte, war sie stets in Bewegung gewesen. Ihre Hände, wie sie ihm zeigten, was seine machen sollten, wie sie über die Tasten wanderten, zielgerichtet, ohne zu zweifeln. Gruber ging aufrechter als alle anderen Menschen, die er kannte. Ihre Haare saßen stets perfekt. Nur einmal hatte sich ein Blatt darin verfangen. Er hatte sie nicht darauf hingewiesen, es hätte sie zu sehr aufgeregt. Gruber mag keine Natur und nichts, was dazu gehört.

Milan sieht sich, wie er die Autotür zuwirft, auf den Schlüssel drückt. Das Auto blinkt. Nein, da war kein Einsatzfahrzeug. Sein blaues Hemd, der Kaffeefleck am Ellbogen, er steckt den Schlüssel in die Hosentasche und krempelt die Ärmel hoch. Gruber mag keine Flecken. Er blickt nach oben zu ihrem Fenster. Ein Stockwerk darunter wölbt sich der Vorhang, als würde sich drinnen jemand fest dagegen drücken. Niemand drückt sich auf diese Art und Weise gegen einen Vorhang, Milan weiß, dass es unmöglich ist, alle Fenster hier haben Absturzsicherungen aus Glas, und doch fürchtet er für einen kurzen Moment, bald könnte jemand herunterfallen. Und dann? Zuerst die Rettung rufen, dann die Polizei. Oder umgekehrt? Milan, du hast heute aber einen schreckhaften Tag, hätte Miriam gesagt. Schreckhaft, das sagte sie oft, auch wenn sie eigentlich ängstlich oder misstrauisch oder sonst was meinte. Milan, was ist los mit dir?

Nein, jetzt nicht Miriam. Am Platz vor dem Seniorenheim haben sich wie jedes Mal, wenn er hierherkommt, die Tauben versammelt, sie fliegen weg, als er sich ihnen nähert. Was hat sich seit deinem letzten Besuch getan?, wird Gruber fragen. Er weiß, sie verachtet Tauben ebenso wie er, er geht mit festem Schritt, damit keine einzige am Boden bleibt. Blau ist der Himmel heute, nur ein paar Wolken, die langsam vorüberziehen. Nichts erinnert mehr an den Sturm von letzter Nacht. Was machen Tauben bei Sturm?, hätte Miriam bestimmt gefragt. Hast du darüber schon einmal nachgedacht, Milan?

Miriam war eine Taubenfreundin, das hatte sie ihm von Anfang an klargemacht, gleich bei ihrer ersten Verabredung, als sie auf einer Parkbank saßen und er ein Tier verjagen wollte, das sich ihnen mit geneigtem Kopf näherte. Zwei Wochen zuvor hatten sie sich in einem überfüllten Linienbus kennengelernt, auf eine absolut unwahrscheinliche Art und Weise, wie Miriam sagte. Ein regnerischer Frühlingstag, der Bus zuvor war ausgefallen, die Fahrgäste standen dicht gedrängt. Irgendjemand aß, und irgendjemand öffnete ein Fenster. Der Fahrtwind tat gut, daran erinnert sich Milan heute noch, wie er den Kopf hob, um durchzuatmen.

Er hatte sie nicht gesehen, und er hatte sie erst bemerkt, als der Bus in die Station eingefahren war und er sie hatte fluchen hören. Miriam wollte aussteigen und war mit ihren Haaren an einem Knopf seiner Jacke hängen geblieben. Dass so etwas überhaupt möglich ist, sagte sie später, als sie gemeinsam an der Bushaltestelle saßen und er auf die Anzeigetafel schaute. *Derzeit keine Echtzeitinformation*. Er war mit ihr ausgestiegen, um ihr draußen zu helfen, die Haare von seiner Jacke zu lösen. Miriam, sagte sie, als sie damit fertig waren, und streckte ihm die Hand entgegen. Milan, sagte er. Tut mir leid, dass du deinen Bus verpasst hast. Kein Problem, es wird schon wieder einer kommen. Sie band ihre Haare hoch.

Weißt du, meinte Miriam später, hättest du an diesem Tag eine Jacke mit Reißverschluss getragen, hätten wir uns bestimmt nie füreinander interessiert.

Aber bis zu diesem Zeitpunkt waren es noch drei Jahre. Achte auf die Füße, hatte Miriam vorher noch gesagt, als sie bei ihrer ersten Verabredung auf einer Parkbank gesessen hatten und Milan gerade hatte aufstampfen wollen, um die Taube zu verjagen. Er hatte auf seine schwarzen Schuhe geschaut, überlegt, ob er gestern die Zehennägel geschnitten hatte oder nicht, und auf einmal Miriams Finger gesehen, der auf die braun-weiße Taube vor ihnen gezeigt hatte: Sie sind häufig entzündet von Haaren oder Schnüren, in denen sie sich verfangen. Die Taube, wie wir sie kennen, ist menschgemacht. Kein Brot, sagte sie, während sie dem Tier zusahen, wie es Essensreste aufpickte, sie bekommen davon Hungerstuhl. Tauben brauchen grobkörniges Futter, dann koten sie schwarz. Merke dir: Schwarzer Kot ist gut, weißer ist schlecht.

Es hätte ihn nicht gewundert, hätte Miriam an dieser Stelle in ihre Handtasche gegriffen und ein paar Körner auf den Platz gestreut. Aber sie legte nur ihre Hand auf seine. Wollen wir?, fragte sie.

Ihr habt euch bei eurem ersten Rendezvous über Taubenkot unterhalten?, fragte Gruber, als er ihr davon erzählte. Damals lebte sie bereits hier, sie war gerade erst eingezogen. Gruber saß in ihrem roten Ohrensessel, der in dieser Umgebung noch ungewohnt wirkte, sie nestelte an einem Taschentuch. Milan nickte nur. Gruber hielt auch nichts davon, eine Beziehung darauf zu gründen, sich in einem überfüllten Verkehrsmittel ineinander verfangen zu haben. Das kann jedem passieren, sagte sie. Von da an erzählte er nur noch wenig über Miriam, und er versuchte, sich ruhig zu verhalten, wenn Tauben und Miriam in der Nähe waren. Wusstest du, dass sie Gesichter erkennen können, Milan?

Er geht jetzt einen Schritt näher an das Polizeiabsperrband heran. Wie sind Sie heute hierhergekommen?, werden sie fragen, wenn sie tatsächlich hinter dieser Schwelle sind. Ist Ihnen etwas aufgefallen?

Milan war immer schon schlecht in solchen Dingen gewesen. Was ist in welcher Reihenfolge passiert? Er hat das Auto abgesperrt, er hat die Tauben gesehen, an Miriam gedacht, obwohl er nicht an sie denken wollte. Milan sieht sich, wie er mit gesenktem Kopf den Platz überquert und seinen Schritt beschleunigt. Er möchte nicht von Tauben erkannt werden, auch wenn er es für unmöglich hält, wie sollten sie ihn erkennen, wenn er sie nicht voneinander unterscheiden kann? Er möchte nicht an Miriam denken. Nein, er geht jetzt über diesen Platz und wird gleich im Zimmer von Gruber sitzen, wie jeden ersten Mittwoch im Monat. Er wird erzählen, was sich seit seinem letzten Besuch getan hat.

Der Mahlzahn ist ihm nicht einfach so abhandengekommen, wie es ihm mit dem Schlüssel oder dem Mobiltelefon passiert ist. Ein Stock oder Schuh, hört er Miriam sagen, als er fast bei der Schiebetür angekommen ist. Er schüttelt den Kopf, um ihre Stimme zu vertreiben, die sich immer wieder in seinen Kopf drängt, in Situationen, die absolut nichts mit ihr zu tun haben, vor die sie sich schiebt wie eine Folie, die den Blick aus dem Fenster trübt.

Milan stoppt, hier, wo er aufgewachsen ist, zweihundert Kilometer entfernt von Miriam. Er greift in die Jackentasche, und Miriam steht in seiner Küche, der Küche, die sie drei Jahre als ihre gemeinsame Küche bezeichnet hatten, auch wenn Miriam nie bei ihm eingezogen war. Er schaut zu den Blumentrögen, die den Platz säumen, und er sieht Miriam wie sie sich am Küchentisch abstützt, wie sie sagt: Milan. Er umgreift den Schlüsselbund in seiner Hosentasche, und Miriam spricht und spricht und spricht. Er atmet tief ein. Da ist der Haustürschlüssel, etwas spitzer als die anderen. Und aus. Da ist der Garagenöffner, gleich daneben der Autoschlüssel, der Schlüsselanhänger, der Wohnungsschlüssel. Er hat seinen durch den von Miriam ersetzt, nachdem sie ihren auf den Tisch gelegt hatte und gegangen war. Miriams ehemaliger Schlüssel sperrt besser. Mir ist unsere Liebe abhandengekommen wie anderen ein Stock oder Schuh, hatte sie an einem frühlingshaften Dezembernachmittag gesagt. Wochenlang war es neblig gewesen, ausgerechnet an diesem Tag strahlte die Sonne.

Es war kurz vor Weihnachten gewesen, sie standen kurzärmlig in der Küche, das Fenster war offen, Milan schloss es, als könnte er damit das Folgende davon abhalten zu geschehen. Er hatte die Geschenke schon besorgt, er hatte viel Geld ausgegeben, zu viel im Hinblick auf die wenigen Stunden, die er kommendes Semester unterrichten würde. Das sagte Milan nicht. Er atmete durch. Er sagte einfach nur: Hut, das heißt: Kam ihre Liebe abhanden wie anderen Leuten ein Stock oder Hut.

Besserwisser, antwortete Miriam, sie legte die Schlüssel auf den Tisch. Dann war sie weg.

Milan steht jetzt direkt vor dem Polizeiabsperrband, er berührt es fast. Er hatte sich vorgestellt, wie er heute mit Gruber über die Akkumulation von Verlusten sprechen würde. Gesprächsthemen zurechtlegen, das hilft manchmal, um durch den Tag zu kommen, besonders an Tagen wie diesem, die sich vom ersten Augenblick an seltsam anfühlen. Nach vorne schauen, vorbereitet sein.

Einiges, hat Milan einmal auf die Frage geantwortet, wie viel er in den letzten Monaten verloren hat. Mit Miriam hat es begonnen, aber das war für Gruber kein großer Verlust. Dann folgte der Schlüssel, der rote Pullover, zig Socken, das Mobiltelefon, der Wasserhahn. Jedes Mal hatte er etwas Neues zu berichten, wenn er hierherkam. Gruber ist keine, die Hände tätschelt, aber sie hört aufmerksam zu, wenn er an der Reihe ist, zu erzählen. Vielleicht würde sie dieses Mal fragen: Was hast du seit deinem letzten Besuch verloren, Milan? Und er würde lächeln und von seinem Mahlzahn berichten, während Gruber dazu anerkennend nickt.

Gruber mag solche Geschichten, Situationen, in denen sich der Körper anders verhält, als es von ihm erwartet wird. Zigmal hat sie Milan von dem Astronomen erzählt, der an einer geplatzten Blase gestorben war, weil er aus Höflichkeit den Toilettengang aufgeschoben hatte. Die Stunde unterbrechen durfte er trotzdem nie. Denk an den Astronomen, sagte sie nur, denk an ihn. Gruber mag solche Geschichten, und sie interessiert sich für die Häufung seiner Verluste. Solche Jahre gibt es, sagte sie nach dem Verschwinden des Wasserhahns.

Jahre, in denen auf unerklärliche Weise alles verloren geht. Dieses muss ein solches sein.

So hat er sich seinen Besuch heute vorgestellt. Auch vor sieben Minuten noch, als er unten vor der Schiebetür stand und die Besuchszeiten überprüfte, wie jedes Mal, obwohl sich ohnehin nichts ändert. Gleich würde er in den Lift steigen und pünktlich an Grubers Zimmertür klopfen.

So war es doch? Wie er stoppt und auf die aufgeklebten Wochentage und Zahlen an der Glasscheibe starrt, um nicht zu früh zu kommen. Die Schiebetür hat einen anderen Rhythmus als gängige Supermarkttüren, eine umsichtige Geschwindigkeit, die niemanden zur Eile drängt. Milan wirft noch einen Blick auf die Uhr, um sicherzugehen, dass er sich nicht in der Zeit geirrt hat.

Nein, alles verläuft nach Plan. Gruber erwartet ihn um fünfzehn Uhr, keine Minute früher, keine Minute später. Es sei ein Zeichen des Respekts, zur vereinbarten Uhrzeit einzutreffen, das hatte sie jedes Mal gesagt, wenn er in ihre Wohnung gekommen war. Milan hält sich noch heute daran. Er tastet mit der Zungenspitze seine Zähne ab, ein großes Loch, wo jahrelang etwas gewesen ist. Eine Woche ist es her, dass der Zahn gezogen wurde. Sein Verschwinden hatte sich lange angekündigt. Zuerst brach die Rückseite ab, Monate später die Vorderseite, vollkommen unspektakulär, während Milan eine Schüssel Haferflocken aß. Er war froh, dass es zu Hause passiert war und nicht in Gegenwart eines Menschen, was ihn unweigerlich in die Situation gebracht hätte, den Zahn unauffällig auszuspucken und sich so zu verhalten, als wäre nichts geschehen. Milan hält nichts davon, Angelegenheiten des Körperinneren nach außen zu tragen. Der Schlüssel, das Mobiltelefon, die Socken, der Pullover, der Wasserhahn, all diese Dinge waren plötzlich weg, im einen Moment waren sie noch da, im anderen nicht. Nur der Zahn ist nicht von einem Tag auf den anderen Tag verschwunden. Er wird Gruber erzählen, wie groß die Spritze war, er wird sagen: Den Knochen wegfräsen, das tut nicht weh, nur ganz tief unten, wo die Entzündung liegt, mit der man jahrelang im stillen Einverständnis gelebt hat, dort schmerzt es plötzlich sehr.

Milan, sprichst du immer noch über Zähne, hört er Miriam sagen, wie sie damals beim Italiener saßen, auch wenn du eigentlich etwas ganz anderes erzählen willst?

Nein, jetzt nicht, Miriam. Er blickt wieder auf die Wochentage und Zahlen am äußeren Rand der Schiebetür, er schaut nochmals auf die Uhr, dann geht er los. Gleich an der Wand der Desinfektionsmittelspender, Milan hält seine Hände darunter und schaut wie jedes Mal nach rechts, dorthin, wo er nicht hinschauen möchte. *Erde und Himmel* steht in Schnörkelschrift an der Wand, wo die Rollatoren parken. Ein paar Zentimeter weiter oben die Sätze, die Milan schon beim ersten Mal hier durchstreichen wollte, mit fetten Strichen, damit kein Buchstabe mehr zu lesen ist: *Aus christlicher Sicht ist ein Altenheim ein Durchgangsort, der die Welt mit der Ewigkeit verbindet. Eine Brücke zwischen Erde und Himmel sozusagen.*

Gruber parkt beim Himmel, direkt unter dem Wort *sozusagen*. Ihr Rollator ist mit ihrem Namen beschriftet, daneben klebt eine dicke graue Katze mit Partyhut. Das muss Frau Schneeweiß gewesen sein. Milan lächelt. Die Arbeitsgruppe betätigt sich also in alle Richtungen. Er stellt sich Grubers Laune vor, als sie die Katze entdeckte. Gruber mag kein einziges Tier, selbst wenn es Knopfaugen hat, das hatte sie ihm gesagt, als er damals von seinem Geburtstagsgeschenk erzählte, einem goldbraunen Hamster. Acht Jahre war Milan geworden, und er hatte stundenlang vor dem Käfig gesessen, selbst wenn sich nichts rührte. Nichts Schöneres hatte es für ihn zu dieser Zeit gegeben.

Mach dir nichts draus, hatte Gruber gesagt, als er zu weinen begonnen hatte. Sie verabscheue ein jedes Tier, die Unruhe, die es in ein Leben bringe. Das beginne bei den Ameisen, ungebetene Gäste, die sich jeden Frühling Straßen in die Küche bauten, und führe weiter zu den Hunden, den Pfützen von Urin, die sie hinterließen. Nein, keine Tiere, daran hat sich all die Jahre, die er Gruber kennt, nichts geändert. Und auch sonst keine Natur. Keine Pflanzen, keine Schnittblumen. Nur Menschen, die Gruber wenig kennen, bringen solche Dinge mit.

Warum gehst du nicht einfach durch, Milan, das ist doch kein echtes Polizeiabsperrband, hört er Miriam jetzt sagen.

Ist es so? Wie sehen echte Polizeiabsperrbänder aus? Du hast keine Polizei gesehen.

Vielleicht sind sie in Zivil gekommen, du weißt, diese durchtrainierten jungen Männer mit Knöpfen im Ohr, so bunt angezogen –

Warum Männer, Milan?

Menschen, durchtrainierte junge Menschen.

Und du meinst, diese Menschen tragen Absperrbänder mit sich?

Wie soll es denn sonst passiert sein? Ist hier abgesperrt oder nicht?

Du bist schreckhaft, Milan, und du bringst ihnen doch selbst solche Dinge für ihre Scherze mit.

Nein, ein Absperrband haben Gruber und Frau Schneeweiß nie bestellt. Miriam weiß nicht, dass es diese Listen gibt. Milan blickt wieder auf seine Uhr. Er hätte vor vier Minuten bei Gruber sein sollen. Warum ist es da drin so still? Er weiß genau, was Gruber und Frau Schneeweiß auf jeden einzelnen Zettel geschrieben haben. Er geht für sie einkaufen, er hat mittlerweile Erfahrung darin, was er wo bekommt, selbst Dinge, die vergriffen sind, stöbert er auf. Milan atmet immer noch schwer, weil er die Treppen gelaufen ist. Hätte er die Tasche nicht vergessen, hätte er auf den Lift warten können oder zumindest in Ruhe hierher in den dritten Stock gehen können. Dann würde sein Herz auch nicht so sehr klopfen, dann wäre sein Atem ruhig. Dann könnte er vernünftig und klar denken. Das hier ist kein Verlust. Oder doch? Das ist ein Scherz wie alle anderen, die sich Gruber und Frau Schneeweiß ausgedacht haben, seit sie die Arbeitsgruppe Sonnennähe gegründet haben. Eine Arbeitsgruppe sei der Untergang jedes Vorhabens, hatte Gruber zwar zu Beginn gesagt, aber sie lässt kein einziges Planungstreffen aus. Was hast du uns mitgebracht?, fragt sie Milan jedes Mal, nachdem sie ihn kurz erzählen lässt, was seit seinem letzten Besuch geschehen ist, dabei stets die Tasche im Blick. Hast du alles bekommen, was auf der Liste steht? Er nimmt die Tasche jetzt auf die andere Schulter. Vielleicht steht hier irgendwo jemand und beobachtet ihn. Er dreht sich um. Nein. Da ist nur die Ziffernanzeige am Aufzug, sie springt von eins auf zwei, er hört sie wieder, die Stimme, die ansagt, welches Stockwerk als Nächstes kommt.

Wie vorhin. Er sieht sich, wie er durch die zweite Schiebetür hinter den Rollatoren geht, nichts Auffälliges ist da. Das Café im Erdgeschoß hat geschlossen, aber das ist häufig der Fall. Er drückt die Taste beim Lift, und er hört, wie er einfährt, er hört die Stimme der Pflegerin, die die Stockwerke durchsagt. Sie war es auch, die einmal von der Maulhöhlensanierung ihres Katers erzählt hatte, nicht ohne einen gewissen Stolz in ihrer Stimme, eine kostspielige Angelegenheit. Gruber hatte die Augen verdreht, sie hatte gesagt: Frau Brigitte, dieser Kater hat keine Zähne mehr, alles, was er einer Maus noch antun kann, ist, sie abzuschlecken, bis sie in seinem Speichel ertrinkt, das ist doch kein Leben. Und dabei hatte die Pflegerin gelächelt, ein Lächeln, das Milan unheimlich gewesen war. Juckpulver, hatte Gruber geflüstert, als sie wenig später aufs Zimmer gegangen waren, wir brauchen mehr Juckpulver. Und da fällt es ihm ein, dass er vergessen hat, worauf Gruber seit seinem letzten Besuch wartet, er schaut auf die Uhr, er flucht und läuft zum Auto, wo die Tasche auf der Rückbank liegen muss. Was hast du immer in dieser Tasche, Milan?

Er hat Miriam nie von den Listen erzählt, die Gruber und Frau Schneeweiß erstellen, von der Arbeitsgruppe, von allem hier. Kein Wort darüber, dass Gruber, seit sie Frau Schneeweiß kennengelernt hat, eine Wesensänderung durchmacht und ihre neckische Seite entdeckt, wie sie alles aufholen will, was sie ihr Leben lang ausgelassen hat. Ein jedes Mal schreiben die beiden auf, was er bei seinen Besuchen mitbringen soll. Juckpulver, Scherzzucker, Niespulver, solche Dinge. Fensterklirrer. Besonders angetan waren sie vom Schaumzucker gewesen, Würfelzuckerstücke, die Kaffee- und Teetassen überschäumen ließen, was dazu geführt hatte, dass im gesamten Stockwerk kein Würfelzucker mehr ausgegeben wurde. Weniger gut hatten sie die Nasenrotz-Imitation gefunden, weil sie damit kaum Aufmerksamkeit erregt hatten. Warum nennst du diese Frau nur bei ihrem Nachnamen, Milan? Weil es immer so war. Was machst du dort? Ich besuche sie. Niemand außer Milan weiß von der Arbeitsgruppe, das hat er Gruber und Frau Schneeweiß versprochen, als sie ihm zum ersten Mal ihre Liste zusteckten, nur so können sie ihre Streiche mit dem angemessenen Überraschungseffekt durchführen. Sorgfältig hatte er das Blatt Papier auf den Schoß gelegt, Gruber sich durch ihre dichten Haare gestrichen, und Schneeweiß ihm eine Packung Kekse hingehalten, Kekse mit Schokolade auf beiden Seiten, groß wie ein

Handteller, das vorderste war angebissen gewesen. Er hatte hineingegriffen.

Wo ist die Tasche? Milan flucht und wirft die Hintertür zu, er findet sie nicht am Beifahrersitz, er schaut im Kofferraum, nichts, da entdeckt er sie auf dem Autodach. Kunstblut sollte es dieses Mal sein, zumindest hat sich Milan das zusammengereimt, auf dem Zettel stand nur: *Nächstes Mal: Blut*. Er sieht sich, wie er zum Altersheim zurückläuft, die Tauben flattern erneut, hinein, er drückt den Knopf des Aufzugs, ein zweites und ein drittes Mal, nichts bewegt sich, er flucht und rennt die Treppen hoch. Wie immer, wenn er zu Fuß geht, betritt er zuerst die falsche Wohngruppe, längst hat er der Leitung sagen wollen, sie sollten Schilder an den Türen anbringen und nicht nur im Lift, er bemerkt den Irrtum, als er auf der Truhe vor dem Zimmer, in dem Gruber wohnt, drei Plüschkatzen entdeckt, rot-weiße Plüschkatzen, er läuft zurück, und dann steht er da. Nein, da war nichts, was auf ein Verbrechen hingedeutet hätte.

Der Aufzug fährt nun an ihm vorbei in den vierten Stock. Milan berührt vorsichtig das Absperrband und zieht seine Hand wieder zurück, er schaut in den Raum vor ihm, kein Mensch ist zu sehen. Als er zum ersten Mal die Wohngruppe betreten hatte, waren hier noch keine Bilder. Großformatige Fotografien von Bäumen hängen jetzt an den Wänden, Milan hätte andere Motive gewählt, und er ist sich sicher, Gruber auch. Der Gummibaum neben der Säule, die Kürbisse mit schiefen Gesichtern, zu einer Gesellschaft gruppiert, dazwischen

Igel aus Kastanien mit Stacheln aus Holz. Sie hat das Basteln verweigert, genauso wie das Bingoangebot und das Lamastreicheln. Gruber mag solche Dinge nicht, sie verschwenden ihr die Zeit. Das meinte sie bereits an ihrem ersten Tag hier im Heim, als ihr Neffe sie brachte, die vielen Stufen, der Aufzug, das Bad, es wäre unverantwortlich, Gruber in ihrer Wohnung zu lassen. Nein, kein Mensch ist zu sehen. Milan räuspert sich. Hallo?, ruft er in die Wohngruppe hinein. Noch einmal: Hallo? Manchmal stelle ich mir vor, es ist überall Blut, hatte Gruber beim letzten Mal geflüstert, als sie ihm die Liste überreicht hatte. Frau Gruber, hatte Milan gesagt, eines der wenigen Male, das er sie mit ihrem Namen ansprach. Hallo? Gleich wird sie aus dem Zimmer kommen, er ist sich sicher, sie wird lachen und das Absperrband entfernen, ehe sie sich erkundigt, wie es ihm gehe und was er mitgebracht habe. Eine Tube genügt?, wird er fragen. Und Gruber wird nicken. Im Kühlschrank ist noch Ketchup, wird sie sagen, das sollte reichen, um allen einen Schreck einzujagen. Er ist sich sicher. Gleich muss es so sein.

Siebenhundertfünfundachtzig

Sein Körper ist im Weg. Eine von uns wird ihn darauf hinweisen müssen, dass er zur Seite gehen muss. Sie braucht diese Blickachse, die freie Sicht auf mich, anders kommen wir nicht voran.

Darf ich?, fragte sie, als sie mir zum ersten Mal begegnete. In ihrem geblümten Kleid stand sie vor meinem Sitzplatz. Ihre langen grauen Haare trug sie offen an diesem Tag. Erst verstand ich sie nicht, dann dachte ich, sie wollte sich erkundigen, ob der Platz neben mir frei sei. Aber sie schüttelte den Kopf, als ich zur Seite rückte, und hielt den Bleistift hoch. Gleich kommt die Kurve, dachte ich noch, da bremste der Busfahrer heftig ab. Vermutlich war eine Henne auf die Fahrbahn gelaufen, das passiert häufig in dieser langgezogenen Rechtskurve neben dem Bauernhof. Ich hörte den Busfahrer fluchen, ich sah die Frau neben mir nach vorne kippen und griff nach ihrem Oberarm. Sie bedankte sich nicht. Sie wiederholte nur ihre Frage: Darf ich?, sagte sie, und ich nickte, ohne im Klaren darüber zu sein, was geschehen würde. Sie ging zu ihrem Platz zurück, entgegen der Fahrtrichtung, sie hatte mich gut im Blick. Sie begann.

Ich schaute aus dem Fenster, weil ich nicht wusste, wie man am besten schaut, wenn man gezeichnet wird. Ich bemühte mich, meine Körperhaltung nicht zu verändern, still zu sitzen. Sie war zufrieden mit mir. Das sagte sie, als sie mir die Zeichnung überreichte. Ich bedankte mich, ich holte meine Geldbörse aus der Tasche. Sie schüttelte den Kopf, sie sagte nur: Nach der Arbeit sitzen die Menschen besonders ruhig.

Damit war unser erstes und einziges Gespräch zu Ende. Seither verläuft jede meiner Busfahrten gleich. Ich steige am Bahnhof ein, sie kommt zehn Minuten später, bei der letzten Station vor der Stadtgrenze, hinzu. Ohne zu grüßen, geht sie direkt zu ihrem Platz. Sitzt bereits jemand dort, wartet sie, bis die jeweilige Person aufsteht, was jedes Mal passiert, wenn sie dort still steht, mit ihren grauen langen Haaren, der Jutetasche und diesem Blick. Dann kann sie beginnen.

Sie fragt mich nicht mehr. Sie holt ihren Block aus der Tasche und legt ihn auf den Schoß, hält den Bleistift hoch. Ich nicke, aber es spielt keine Rolle.

Siebenhundertfünfundachtzig Bildnisse meiner selbst sind so entstanden. Auf manchen fehlt mir die Nase, auf manchen sind meine Augen nur ein Strich quer durch das Gesicht, wenn der Bus zu plötzlich in seiner Fahrt unterbrochen wurde. Zu Hause hänge ich sie im Kinderzimmer auf, der Sohn schläft nur noch zu Weihnachten hier, und auch Gäste halten das aus für eine Nacht. Auf manchen Zeichnungen sehe ich müde aus, auf anderen fast freudig, erwartungsvoll. Auf jedem Bild enthalten sind: Sie, ich und in den Ausrutschern die Person, die an diesem Tag das Fahrzeug lenkt.

Formen der Kontaktaufnahme

Das Fahrzeug lenkt die Fahrerin, sagt ein Mann, als die Müllabfuhr um die Ecke biegt, die Männer fahren hinten mit. Der Mann trägt kurze Ärmel, obwohl das Wetter nach langen verlangt. Er beginnt zu winken. Der Mann sieht nicht aus wie einer, der seit jeher der Müllabfuhr winkt, eher wie einer, der früher das Müllauto vorbeiziehen ließ, als wäre es ein Fahrzeug wie jedes andere. Er winkt, und die Lenkerin der Müllabfuhr winkt zurück, die Männer, die sich hinten an den Stangen halten, ja, auch sie winken. Alle betätigen sich fröhlich an ausladenden Handbewegungen, nur das Kind an der Hand des Mannes regt sich nicht.

Herr Adam trägt jetzt Jeans

Nicht, schrie er, als ich ihn zum ersten Mal sah, nicht mit dem Fahrrad gegen die Einbahn fahren. Ich hielt an, ich stoppte direkt neben ihm. Hier fahren alle gegen die Einbahn, sagte ich, ich wohne hier. Er trat einen Schritt zurück, er musterte mich von Kopf bis Fuß und blieb am zerschlissenen Ärmel meiner Jacke hängen. Ich wohne hier ebenfalls, antwortete er, ich bin erst vor Kurzem zugezogen, Herr Adam mein Name, verzeihen Sie bitte meine Unwissenheit über die örtlichen Gegebenheiten.

Genauso erstaunlich wie das Umschwenken seiner Laune war sein Schritt. Wir verabschiedeten uns, ich sah ihm nach, wie er zur Hauptstraße ging. Herr Adam hatte einen äußerst bemerkenswerten Gang. Betrachtete ich nur das linke Bein, schien alles in der Norm, richtete ich allerdings die Aufmerksamkeit auf das rechte, fürchtete ich bei jedem Auftreten, es könnte abknicken, so sehr schob sich der Knöchel zur Seite. Ich dachte an unsere Nachbarin, die in den Bergen aufgewachsen war und behauptete, sie merke einem Menschen zuverlässig an, ob er aus einer steilen Gegend komme oder nicht. Schauen Sie, sagte sie jedes Mal, wenn wir einander zufällig bei den Garagen trafen: Das Flache hat sich in Ihren Gang eingeschrieben.

Auch in Herrn Adams Gangbild steckt eine Geschichte, ich bin mir sicher, nur kenne ich sie nicht.

Ich kenne sie nicht, und ich habe bis heute keine Ahnung, woher Herr Adam kommt und wie es ihn in unsere Siedlung verschlagen hat. Ich weiß so vieles nicht. Aber ich erinnere mich wie gestern an den Tag, als er zu uns kam. Herr Adam trug einen dunklen Anzug, das war ungewöhnlich. Vielleicht kommt er von einem Begräbnis, dachte ich, er wirkte wie ein Mann, der in Trauer ist.

Gute Manieren sind Herrn Adam wichtig, das stellte sich schnell heraus, ebenso, dass er Fahrräder nicht mag und stets einen dunklen Anzug trägt. Er nehme es auf sich, dass seine Kleidung in starkem Gegensatz zu seiner ansonsten fröhlichen Persönlichkeit stehe, sagte er einmal, alles andere sei schlecht fürs Geschäft. Ich nickte. Ich hätte ihn nicht für einen fröhlichen Menschen gehalten.

|

Es dauerte nicht lange, bis auch ich sein Kunde wurde. Zuerst ließ ich den Ärmel meiner Jacke flicken. Dann kam die erste Hose. Über die Jahre nahm ich mit Herrn Adam jede Gewichtsveränderung mit großer Freude auf mich. Sobald ich das Geschäft betreten hatte, wartete ich geduldig neben dem Aquarium darauf, dass er aus dem Hinterzimmer kommen würde, wo er gerade noch die Nähmaschine bediente. Im Halbminutentakt öffnete sich eine Plastikmuschel, sie entließ Luftblasen, durch die drei viel zu große Fische schwammen. Ich weiß nicht, wie lange Fische leben, ob es tatsächlich fünfzehn Jahre sein können oder ob Herr Adam sie immer wieder in der gleichen Größe und Farbe nachkaufte. Zwei in Schwarz-

Weiß und einer in Orange, alle drei mit Flossen wie Federn.

Wollen wir?, fragte er jedes Mal, wenn er aus seinem Hinterzimmer kam, und machte eine einladende Bewegung in Richtung Umkleidekabine. Ich zog den Vorhang zu, schlüpfte in die Hose, deren Knopf sich nicht mehr schließen ließ, ich blickte in die Augen von Mick Jagger, den Herr Adam bewunderte, ein großes Foto mit Rahmen aus Gold. Manchmal überlegte ich, den Vorhang ein kleines Stück zur Seite zu ziehen und durch den Spalt zu beobachten, was Herr Adam auf der anderen Seite unternahm, während er auf mich wartete. Vielleicht fütterte er die Fische, vielleicht griff er nach dem Besen. Herrn Adams Umgang mit Nadeln nahm mich stets für ihn ein. Wenn er sie aus dem Stoff zog, steckte er sie nicht zurück in das Nähkissen, nein, er warf sie in hohem Bogen auf den Boden. Kehrte er sie an den Abenden weg? Zwischendurch? Ich weiß es nicht, ich habe nie danach gefragt.

Wahrscheinlich nahm alles mit dem ersten Zettel seinen Anfang. *Bitte hier nicht parken, auch nicht auf der gegenüberliegenden Straßenseite*, diese erste Aufforderung, die an Herrn Adams Garagentor klebte. Sie kam unerwartet, weil in unserer Straße ohnehin nur wenige Autos parken und Herr Adam kein Fahrzeug besitzt, die Garage also nur als Lager nutzt, Stoffe, vermute ich, Nadeln brauchen wenig Platz. Die Worte *bitte* und *parken* hatte Herr Adam doppelt unterstrichen, was seine Aufforderung umso missverständlicher machte.

Es hätte mir auffallen müssen. Kurz darauf tauchten wöchentlich Zettel mit Handlungsanweisungen auf, bald ersetzte Herr Adam das schwarze Klebeband durch rotes, vermutlich um die Sichtbarkeit zu erhöhen. Als ich Mitte August einen Zettel auf seinem Geschäft entdeckte, blieb ich stehen. *Blumendiebstahl. Eine verwerfliche Tat in unserer ansonsten so lebenswerten Stadt*, hatte er geschrieben und auf die Blumenkästen geklebt, in denen Geranien blühten. Ich kniete nieder, um mein Schuhband zu binden, und als ich mich aufrichten wollte, um zu schauen, welche Blume Herrn Adam abhandengekommen war, riss der Stoff meiner Hose.

Herr Adam, wie geht es Ihnen?, fragte ich, als ich wenig später sein Geschäft betrat, und Herr Adam anders als sonst auf einem der zwei Ledersessel im Verkaufsraum saß, den Blick auf die Fische gerichtet, die Beine gekreuzt.

Er nickte nur. Ich sprach von meiner Gewichtszunahme, von der hervorragenden Küche des neuen Gasthauses drei Straßen weiter, meinen häufigen Besuchen dort, der Karte, die stets dazu einlud, Neues zu entdecken, der Wahrscheinlichkeit, dass mich all diese Dinge heute zu ihm geführt hätten.

Ich war mir sicher, dass Herr Adam gleich von seinem Bruder erzählen würde, wie immer, wenn wir uns über Möglichkeiten der Nahrungsaufnahme unterhielten. Seinem Bruder, der seit Jahren jeden Tag das Gleiche zu sich nehme, weil es ihm so leichter falle, Kontrolle über sein Gewicht zu behalten. Außerdem müsse er dadurch nicht darüber nachdenken, was er essen solle. All die Zeit, die er sich spare, all die Lebenszeit, die er gewinne. Sein Bruder sei eine praktische Person, durch und durch. An dieser Stelle schüttelte Herr Adam ansonsten immer den Kopf. Besser kürzer leben, sagte er dann und öffnete den Vorhang.

Dieses Mal sagte er nichts. Kein Wort über den Bruder, Herr Adam nickte nur und griff nach der Hose, die ich ihm hinhielt. Ich schaute mich um. Das Geschäft wirkte leerer, dort, wo ansonsten Jacken und Hosen auf ihre Abholung warteten, war ungewohnt viel Platz. Selbst die Fische wirkten blasser als sonst. All die Jahre hatte sich bei Herrn Adam nichts verändert, auch er sah immer noch aus wie bei unserem ersten Zusammentreffen, als er mich vom Fahrrad holen wollte, der dunkle Anzug, die Haare.

Nach einer Weile seufzte er. Ich fragte nicht, welche Blumen ihm gestohlen worden waren, ich erkundigte mich nicht nach seinen Zetteln. Morgen, sagte Herr Adam, als er den Abholschein ausfüllte, morgen wird alles fertig sein. Zwei Wochen noch.

Ich begriff nicht gleich, weil Herr Adam jedes Jahr im Oktober zusperrte, um auf Urlaub zu fahren, lange an denselben Ort, irgendwo in den Bergen. Er schätze dort die Beständigkeit, meinte er, er brauche den Ausgleich zu seiner Arbeit. In manchen Jahren sah ich ihn, wie er zum Zug aufbrach. Den dunklen Anzug tauschte er gegen eine beige Hose und ein kariertes Hemd, dazu

Sportschuhe und eine Jacke, die aussah, als könnte sie starkem Regen standhalten. Warum er vor zwei Jahren dennoch seinen Urlaubsort wechselte, auch darüber haben wir nie gesprochen. Ich ging davon aus, dass Herr Adam mehr Sonne brauche, als er meinte, er reise jetzt nach Griechenland. Und ich dachte, er würde dieses Jahr einfach schon früher aufbrechen, hatte er nicht im Vorjahr davon gesprochen, dass es dann noch wärmer sei? Den Sommer verlängern, auch wenn es mir schwerfiel, mir Herrn Adam in Badekleidung vorzustellen.

Änderungen jeder Art, das Schild über dem Geschäft hängt immer noch, aber Herr Adam trägt jetzt Jeans. *Wir danken für Ihre langjährige Treue*, darunter die Telefonnummer der Immobilienmaklerin. Zwei Wochen, nachdem ich zuletzt bei ihm gewesen bin, sperrte er zu. Seitdem habe ich ihn oft durch die Siedlung gehen sehen. Die ersten Tage noch in beiger Hose und kariertem Hemd, mittlerweile ist Herr Adam auffällig bunt. In unserer Gegend tauchen täglich neue Hinweise auf: *Hier ist kein Hundeklo. Bitte Müll fachgerecht entsorgen. Bitte Busse pünktlich abfahren lassen.* Wir grüßen uns, wenn wir uns sehen, wir wechseln ein, zwei Worte. Ich frage nicht, wie es ihm geht. Das sehe ich an seinen Zetteln, an seinen Versuchen, der Welt zu sagen, wie sie sich verhalten soll.

Bitte Busse pünktlich abfahren lassen, der Regen von letzter Nacht hat das Papier wellig werden lassen. Von der Bushaltestelle sehe ich gut hinüber zu seinem Geschäft. Gleich wird er vorbeikommen, Herr Adam erledigt jeden

Tag um diese Zeit seine Einkäufe, denn anders als sein Bruder geht er dabei sorgfältig vor, das Nachdenken über Möglichkeiten der Essensgestaltung, das Streifen durch Supermarktgänge, all das trage zur Gestaltung seiner unmittelbaren Zukunft bei, wie er sagt, eine der wenigen Gewissheiten, die es im Leben gebe.

Vielleicht ist er heute rot angezogen, vielleicht auch grün, vielleicht ist er bereits zu neonfarben übergegangen. Ich habe meinen Zettel mittig angebracht, er muss ihn bemerken, der Zettel ist groß. Gelbes Klebeband, und rotes auch, er kommt daran nicht vorbei: *Gewichtsbeibehaltung. Eine verwerfliche Tat in unserer ansonsten so lebenswerten Stadt.* In die Ecken habe ich Igel gemalt, ihre Stacheln wie Nadeln.

Igel?, fragte die Nachbarin, als ich sie bei den Garagen traf, wie immer in Eile, weil gleich ihr Dienst im Seniorenheim beginnen würde und sie vor zehn Minuten schon im Auto hätte sitzen sollen. Warum Igel? Herr Adam ist doch kein Kind. Sie zeigte auf meine Zeichnungen, sie schüttelte den Kopf. Ich weiß nicht, ob sie bemerkte, dass die Igel Stecknadeln trugen, mit Köpfen in rot, gelb und grün. Ich wies sie nicht darauf hin. Ich nickte nur und nahm ihr den Zettel vorsichtig aus der Hand.

Ich möchte Herrn Adam lächeln sehen, sagte ich. Ich bin mir sicher, er schätzt die Igel.

Allfälliges

Die Igel werden ein weiches Zuhause haben. So ist es jeden Herbst, so soll es auch diesen sein. Die Igel werden ein weiches Zuhause aus Blättern haben, die Kinder in Kastanien baden. Und ich – Magdalena zieht noch einmal an der Zigarette und lässt den Blick über ihren Garten wandern. Auf der anderen Seite des Zauns stoppt der Laubbläser und startet erneut. Ihr Garten. Eine gute Herberge hat sie zusammengerecht, der Blätterhaufen in der hinteren Ecke des Gartens ist groß geworden, sie schaut auf ihre Hände, die Blase an der rechten Hand. Sie hätte das Kleid auch nachher anziehen können, dann wäre die Arbeit leichter gewesen, aber nur so kann sie sicher sein, dass Raphael sie sehen wird, wenn er irgendwann über den Gartenzaun blickt. Jetzt noch die Kastanien, Magdalena geht zum Baum und rafft den Stoff.

Fast voll, sie schüttelt den Pappkarton, um Platz zu schaffen. Die Kinder sollen in Kastanien baden, daran hat sich nichts geändert. Magdalena wird die Schachtel gleich zum Auto bringen. Die Kinder werden sich freuen, morgen, wenn sie mit Bechern darin schöpfen, wie jedes Jahr um diese Zeit. Sie werden eine Weile beschäftigt sein. Und dann werden sie nach draußen gehen, wenn das Wetter will. Sie werden zu Mittag essen, sie werden schlafen, Magdalena wird zehn Windeln wechseln, mindestens, während die Ersten schon abgeholt werden. Hat er gegessen, hat sie geschlafen? Die freundlichen Fragen, an die Beschwerden will sie nicht denken, an die Eltern, die stets etwas auszusetzen zu haben, die keine Stunde in der Kleinkindergruppe überstehen würden und ihr erklären, wie es eigentlich geht, was sie seit dreißig Jahren macht. Sie beruhigt sie alle, sie wartet, bis das letzte Kind abgeholt wird. Und dann?

Magdalena streicht über eine Kastanie, die so frisch ist, dass sie glänzt. Wann hat es aufgehört? Sie krempelt einen Ärmel hoch und schiebt ihren Arm tief in den Kastanienkarton. Magdalena verlangt nicht, dass sie Süßigkeiten zugesteckt bekommt, wenn sie am Nachbarhaus vorbeigeht, oder Stifte und etwas zum Ausmalen, wenn sie im Gasthaus auf das Essen wartet, nein, sie erwartet nichts davon, nicht einmal Menschen, die ihr anerkennend zurufen, wenn sie Fahrrad fährt. Sie weiß, dass das alles irgendwann aufhört. All das ist ihr bewusst. Aber das jetzt geht zu weit, nein, so lässt sie sich nicht behandeln, nicht von Dieter, nicht von Raphael und allen anderen im Krippenspielverein.

Langsam zieht Magdalena die Hand aus den Kastanien, schaut in die Wolken und nickt dem Himmel dazwischen zu. Von der Bahnstrecke ist der Zug zu hören, sie braucht nicht auf die Uhr zu sehen, um zu wissen, wie spät es ist. Drüben, auf der anderen Seite des Zauns, bläst Raphael immer noch Laub. Raphael, der heute das gleiche karierte Flanellhemd anhat wie an jedem anderen Tag im Herbst. Blau-grüne Karos, das Blau fast schon schwarz, dazu Gummistiefel, als schreite er über sumpfiges Land. Er wird keine Herberge für Igel bauen. Er wird das Laub in die Mülltonne werfen, die morgen entleert wird, er wird fluchen, dass kein Platz mehr ist.

Kaum zu verstehen war er vorhin, als er noch im Trainingsanzug am Gartenzaun stand. Das ist wie im echten Leben, sagte er. In der einen Hand hielt er die VR-Brille, die ihm die Kinder im Vorjahr zu Weihnachten geschenkt hatten. Damit er sich mehr bewege, hätten sie gesagt, hatte er ihr berichtet, als Magdalena ihn am Christtag zum ersten Mal damit im Garten gesehen hatte.

Sie hat sich an den Anblick gewöhnt, Raphael im Trainingsanzug, ein klobiges weißes Ding vor seinen Augen. Manchmal verliert sich Magdalena in ihren Gedanken, wenn sie ihm bei seinen Übungen zusieht, sie überlegt, in welcher Welt er sich gerade befindet. An manchen Tagen sieht er aus, als würde er Skifahren, die Hocke, die Stockbewegungen, noch tiefere Hocke, jetzt ein Sprung, links, rechts, links, Zielgerade. An manchen Tagen hackt er mit den Armen durch die Luft, als versuchte er, Gespenster zu erschlagen. Nur an Tagen, an denen er seine Beine auf diese eine bestimmte Art und Weise abwechselnd zur Seite streckt, fällt ihr keine mögliche Parallelwelt ein. Sie hat ihm heute lange zugesehen, drei Zigaretten waren es bestimmt, viel zu viele für einen Vormittag, und als er die Brille endlich abnahm, schrie sie: Raphael, und sah, wie er zusammenzuckte. Was das denn bitte bedeuten solle, fragte sie, ohne ihn zu seinen Dehnübungen kommen zu lassen, dieser Satz unter dem Punkt *Allfälliges*, im Protokoll der ersten Krippenspielvereinssitzung seit Jahren, die sie nicht hatte besuchen können, weil an diesem Abend ihr Geburtstag und alles schon vorbereitet gewesen war. Nein, kein später, jetzt sofort auf der Stelle soll er ihr das erklären. Das Protokoll, der Geburtstag, Herbert den Tisch reserviert, Corinna den Zug gebucht, ihre Freundinnen sich Zeit genommen, mehrmals hatte sie um eine Terminverschiebung gebeten. Maria sei doch eine tragende Rolle. Magdalena, hatte Dieter am Telefon gesagt, es ist doch nur eine Sitzung, sie erinnert sich noch genau an seine Stimme, dieser leicht spöttische Unterton, du nimmst das alles viel zu ernst.

Magdalena zupft ein Blatt von ihrer Schulter. *Allfälliges: Maria wird neu besetzt*. Sie kann nicht mehr sagen, wie oft sie den Satz gelesen hat, Wort für Wort, als könnte er verschwinden, je öfter die Buchstaben auf ihre Augen treffen. *Maria wird neu besetzt*. Keine zwei Stunden ist das alles her, dass sie sich den zweiten Kaffee geholt hat, das Dokument *Protokoll* öffnete, der Fernseher lief im Hintergrund, so saß sie an ihrem Wohnzimmertisch mit Blick in den Garten. Raphael hatte schon die Brille aufgesetzt und draußen geturnt.

Magdalena blickt sich um. Da ist der Laubhaufen, der Karton vor ihr, da sind die Kastanien, da ist das Gras, ein Zweig, den sie übersehen hat, Spitzwegerich.

Der Moderator des Frühstücksfernsehens, wie er durch sein Studio ging, zeitlupenhaft auf Gegenstände zeigte, benennen Sie Dinge, wenn Sie die Wut kommen spüren, sagte er, das Sofa, die Topfpflanze, der Beistelltisch, spüren Sie, wie Ihnen das hilft, wie es den Geist beruhigt.

Nein, Magdalena will keinen ruhigen Geist. Sie streift ihr Kleid gerade, zieht den Umhang zurecht, den Blick auf den Gartenzaun und Raphael gerichtet, der immer noch Laub durch seinen Garten bläst. Das ist wie im echten Leben, hatte er gesagt, als er mit der VR-Brille in der Hand an den Zaun gekommen war, du kannst dir nicht aussuchen, wer du bist. Er sagte: Manche Zeitfenster schließen sich eben, Maria, sein Blick auf ihre Haare gerichtet, als stecke er fest, irgendwo in diesem Schwarz mit immer mehr Grau.

Hast du mich gerade Maria genannt?

Nein, ich habe Magdalena gesagt.

Maria.

Magdalena.

Nein, du hast Maria gesagt.

Ich habe –

Magdalena ließ ihn stehen dort am Zaun, sie ging nach drinnen, ohne die Schuhe auszuziehen. Im Bad legte sie sich auf den Boden, die Wärme der Fußbodenheizung, sie schloss die Augen, bis sie warme Tropfen in ihrem Gesicht spürte, die nicht aus ihren Augen kamen. Es war der Kater, seinen Kopf über ihren gebeugt, stand er schnurrend neben ihr. Mit den Jahren hatte er begonnen, bei großem Wohlgefallen Speichel zu verlieren. Magdalena wischte sich über ihr Gesicht, sie strich über sein speckiges Fell und setzte sich auf. Ich erschieß ihn dir, hatte Dieter einmal gesagt, das spart Tierarztkosten. Wie lange war Dieter schon Josef? Vierzig Jahre bestimmt. *Maria wird neu besetzt*. Vor ihr der Korb mit der Schmutzwäsche, ein blauer Pulloverärmel schaute heraus. Das ist wie im echten Leben. Und da kam es ihr. Sie ging ins Schlafzimmer und holte das Kostüm aus der Truhe, sie nahm es aus der Plastikfolie, in der es aus der Reinigung gekommen war. Sie zog sich aus und schlüpfte hinein. Das kannst du nicht machen, hörte sie innerlich Raphael sagen. Sie lächelte und richtete den Gürtel. Und wie ich kann.

Jetzt. Magdalena hört, wie der Laubbläser ausgeht. Sie setzt den Schleier auf und nimmt die Schachtel hoch. Schaut er ihr nach? Es ist egal. Sie trägt den Karton mit den Kastanien zum Auto, sie geht langsam, sie hat keine Eile. Sie ist hier, in diesem Augenblick. Auch das so ein Ratschlag aus dem Frühstücksfernsehen: im Moment sein, voll und ganz. Was ist der Unterschied zwischen voll und ganz? Magdalena flucht, als sie bei der Gartentür auf das Kleid tritt, der Stoff spannt, aber hält. Magdalena, hört sie jemanden rufen, hier. Brigitte steigt aus dem Auto, sie lässt die Tür offen, und noch im Aussteigen sagt sie, schau, dein Geschenk, ich weiß nicht, wie mir das passieren konnte, dass ich zu deiner Geburtstagsfeier gehe und vergesse, dir dein Geschenk zu geben, es war mir dermaßen unangenehm, also dachte ich, ich fahre direkt zu dir und bringe – Magdalena?

Brigitte mustert Magdalena von oben bis unten, das bodenlange Kleid, der Umhang, der Schleier, Magdalena überlegt, ob Schweißflecken zu sehen sind, wie sie immer schwitzt in diesem Kleid, reines Polyester, für etwas anderes hatte das Budget nicht gereicht. Was für ein schönes Blau, hatte sie gesagt, sie hatte es damals schon ein bisschen zu blass gefunden. Aber es ist gut, ja, es ist gut.

Ja?

Seit wann probt ihr an Vormittagen, das hättet ihr mir doch sagen müssen, damit ich den Saal aufsperren kann, aber so wird es schwierig werden, ich habe den Schlüssel nicht bei mir.

Ich bin Maria.

Das sehe ich, und das weiß ich, das bist du doch jedes Jahr. Hast du den Wetterbericht gelesen? Nächste Woche soll wieder eine Sturmfront kommen.

Brigitte?

Ja?

Du musst den Saal nicht aufsperren. Wir proben nicht. Das ist das echte Leben.

Bin ich froh, das wäre äußerst knapp geworden. Ich muss noch so viel erledigen, bevor ich in die Arbeit muss, der Oktober, aber was sage ich dir, bei euch ist es bestimmt nicht anders. Hast du Kastanien gesammelt?

Magdalena nickt, sie stellt den Karton ab und öffnet den Kofferraum, sie räumt die Decken zur Seite, um mehr Platz zu haben, eine Tasche, das Warndreieck. Da steht Brigitte dicht neben ihr, die sagt, Achtung, dein Schleier, ihr Geschenk hineinstellt. Du kannst es später aufmachen. Brigitte greift nach Magdalenas Kostüm, sie richtet den Stoff, sagt: Gut so, du wirst deine Gründe haben.

Dann geht sie hinüber zu ihrem Auto. Alles Gute, ruft Brigitte noch über die Straße, sie öffnet die Autotür: Ich muss los, so ist das Leben, ständig müssen wir woandershin.

Möglichkeiten der Zeitgestaltung

Woandershin, sagt ein Mann in sein Telefon. Wenn die Menschen unter der Erde liegen, fragt ein Kind, wo können sie dann sitzen, wo? Bitte, sagt die Straßenzeitungsverkäuferin, bitte, bitte. Vergiss nicht auf die Milch, schreit eine Frau. Die Zukunft ist prinzipiell ein offener Raum, wo kommt diese Stimme her? Heute gehört mir der Frühling ganz allein. Hörst du mich?

In einem grauen Mantel kniet eine Frau auf dem Platz, zwischen all den Sätzen und Stimmen, sie kramt in einer Einkaufstasche. Eine Taubenherde beobachtet jede ihrer Bewegungen, läuft aufgeregt um sie herum. Ich bin mir sicher, sie sind einander bekannt. Mit ruhigen Handbewegungen beginnt sie, die Tiere zu füttern. Der Mann mit dem Telefon ist lange woanders angelangt, auch das Kind. Die Straßenzeitungsverkäuferin ist weitergezogen. Andere Menschen gehen jetzt vorbei und lassen ihre Sätze hier. Die Frau verstreut die letzten Körner, sie bleibt zwischen den Tauben hocken, in ihrem grauen Mantel fügt sie sich gut in die Herde ein. Ein paar Sekunden wartet sie, dann greift sie unter großem Geflatter ein Tier heraus. Aus ihrer Einkaufstasche zieht sie ein Messer.

Ein Messer.

Die letzten hungrigen Tauben, die ihr gefolgt sind, drehen um. Ich möchte deine Augen schließen. Sie beugt sich vornüber, setzt die Klinge am Fuß der Taube an, sie macht einen Schnitt. Das Messer fällt zu Boden, das Tier in ihrer Hand bewegt sich nicht. Und da sehe ich, wie sie wickelt. Zentimeter um Zentimeter zieht sie eine Schnur vom Vogel. Sie kontrolliert das Vogelbein. In der einen Hand hält sie immer noch die Taube, mit der anderen steckt sie ihr nun Futter zu. Sie entlässt sie zurück zu ihrer Herde, sie wirft auch den anderen ein paar Körner hin.

Sie geht, die Tauben zerstreuen sich.

Unsere Herzen beruhigen sich ein paar Momente lang.

Die Augen halten wir weit offen.

Inhalt

Die Arbeit an diesem Buch wurde vom BMKOES Österreich mit dem Projektstipendium für Literatur 2021/22 und dem Werkstipendium 2024 gefördert.

Bundesministerium
Kunst, Kultur,
öffentlicher Dienst und Sport

Erste Auflage Berlin 2025
Copyright © der deutschen Ausgabe 2025
MSB Matthes & Seitz Berlin
Verlagsgesellschaft mbH
Großbeerenstraße 57A | 10965 Berlin, Deutschland
info@matthes-seitz-berlin.de

Alle Rechte vorbehalten,
insbesondere die Nutzung des Werks für
Text und Data Mining im Sinne von
§ 44b UrhG.

Umschlaggestaltung: Kristina Wedel, Berlin
Satz: Monika Grucza-Nápoles, Cartagena
Druck und Bindung: GGP Media GmbH, Pößneck
ISBN 978-3-7518-1023-4
Printed in Germany
www.matthes-seitz-berlin.de